LE FIGUIER SUR LE TOIT

MARGUERITE ANDERSEN

Le figuier sur le toit

Roman

2ᵉ tirage

— Collection « Vertiges »

LES ÉDITIONS
L'INTERLIGNE

Catalogage avant publication de Bibliothèque et Archives Canada

Andersen, Marguerite
    Le figuier sur le toit : roman / Marguerite Andersen.

(Collection « Vertiges »)
ISBN 978-2-923274-49-2

I. Titre. II. Collection.

PS8551.N297F44 2008   C843'.54   C2008-906543-3

Les Éditions L'Interligne
261, chemin de Montréal, bureau 306
Ottawa (Ontario) K1L 8C7
Tél. : 613-748-0850 / Téléc. : 613-748-0852
Adresse courriel : communication@interligne.ca
www.interligne.ca

Distribution : Diffusion Prologue inc.

ISBN : 978-2-923274-49-2

*Chaos is merely order
waiting to be deciphered.*
José Saramago

I

VIEILLESSE

C'est un dur travail que de vieillir.
Doris Lessing, 88 ans
Prix Nobel 2007

TOUTE LA SEMAINE, la vieille dame se couchera de bonne
heure ; pas de longues lectures le soir, pas de télévision non
plus, non, un régime comme il faut, raisonnable, puisque
samedi 18 octobre, jour de sa fête, elle doit être d'attaque :
le coiffeur va venir lui couper les cheveux à onze heures,
après sa visite elle prendra une salade de saumon, bon
pour combattre l'ostéoporose qui lui fragilise sournoise-
ment le tissu osseux, puis elle fera une petite sieste, de quoi
se reposer une demi-heure et de rendre en même temps
sa coiffure plus désinvolte ; elle tient à l'aspect rebelle de
ses gros cheveux gris blanc, les ébouriffe souvent durant
la journée. Une manie, ça ? Qui n'en a pas ?

Mais est-ce tout ce qui lui reste de rebelle, une tignasse
un peu sauvage ? Toute sa vie, elle a questionné règlements
et directives, avec plus ou moins de succès. Est-elle finalement fatiguée d'écouter les nouvelles à la radio, de lire
les journaux, rapports, procès-verbaux, de voir défiler les
images à la télévision, de recevoir une multitude de renseignements de toutes sortes sur les catastrophes indescrip-
tibles, les guerres, les crimes, les injustices, la pollution
et les désastres variés qui surviennent dans le monde ?
Et que dire de la corruption se propageant comme une

mauvaise herbe? Désensibilisée, est-elle devenue neutre ou défaitiste devant le déluge des calamités? Est-elle prête à décommander le journal, à éteindre la télé, la radio, au moment des nouvelles? Ce serait logique, mais elle ne le fait pas, elle reste curieuse, ne veut surtout pas manquer ce qui pourrait après tout se révéler positif.

L'indifférence et le pessimisme lui paraissent comme une lente descente vers le néant ou la mort, deux notions impossibles à définir clairement. Abîme noir? Grise incertitude? Si quelqu'un pouvait lui tirer dessus, là, maintenant, quelques balles et ce serait fini, lui donner un bon coup de poing sur la tempe ou dans la nuque, elle n'aurait plus besoin de surveiller son corps vieillissant, d'attendre la fin. Selon Camus, il est naturel de nourrir cet espoir d'être abattu au coin d'une rue, en pleine course, d'une balle à la tête, possibilité à laquelle la vieille dame ajoute une ou deux autres: la rencontre d'une voiture hors contrôle, d'une bicyclette arrivant derrière elle, illégalement, sur le trottoir, et la renversant tout à coup; la deuxième, une crise cardiaque durant le sommeil, ce serait évidemment la solution idéale, mais en attendant ce qui ne semble pas vouloir advenir et ce dont elle ne veut pas vraiment non plus, sauf peut-être quand elle est excessivement fatiguée, elle continue de vivre.

Marguerite a quatre-vingt-quatre ans. Évidemment qu'elle se sent mal de temps à autre, elle observe alors attentivement son corps et ses diverses fonctions; elle est parfois prise d'une angoisse diffuse, surtout en se réveillant le matin, avant de se lever pour échapper à des pensées noires, imprécises et désagréables — je me lève et tous mes soucis s'envolent, dit-elle — alors que ses jambes sont raides comme des manches à balai. Elle se hâte d'aller à la salle de bain, son appartement n'est pas grand, il faut dix-neuf pas pour aller de son lit aux lieux d'aisances, elle les a comptés, elle sait bien qu'une demi-heure plus tard ses jambes fonctionneront mieux, malgré les quatre fractures encourues accidentellement puis réparées avec des bouts de métal et des vis par des chirurgiens habiles, toutefois la vessie ne peut attendre, il ne faut pas exagérer, quatre-vingt-quatre ans, ce n'est pas rien, une chance qu'elle n'ait que rarement besoin de se lever la nuit, résultat probablement de son éducation dans un milieu bourgeois européen qui lui déconseillait de fréquenter les toilettes publiques et l'incitait par là à développer ses muscles sphinctériens. Petite, elle avait décidé de devenir dame des toilettes, tant cette profession lui semblait utile.

Quatre-vingt-quatre ans. Quatre fractures, des mois dans le plâtre, puis des mois plus longs encore de rééducation physique. D'autres accidentés se seraient plus ou moins contentés d'une vie en fauteuil roulant mais pas elle, oh non, elle est forte comme tous les membres de sa famille. Fort, dans la famille on est fort, on a des muscles, on a du courage, de l'endurance, on a un peu honte quand on est malade, on déteste avaler des médicaments, on prend rarement un congé de maladie, on ne se plaint pas souvent, on a du mal à demander de l'aide, on essaie de se débrouiller seul, même quand on est d'un âge avancé.

Marguerite n'est pas la personne la plus âgée de la famille : ses parents et sa sœur Eva sont morts avant d'avoir atteint quatre-vingt-quatre ans, mais l'autre sœur, Christa, a quatre-vingt-dix ans et encore toute sa tête, comme on dit. Toutefois, elle vit en Allemagne et ne quitte jamais sa maison, elle ne compte donc pas… Enfin, pas vraiment, à une telle distance. En tout cas, elle ne sera pas de la fête.

Sybil, la fille de Christa ? Trop occupée, celle-là, et de plus, elle préfère la France au Canada où elle est déjà venue deux fois. Les cousins et cousines de Marguerite, tous à peu près du même âge qu'elle et rigoureusement sédentaires, n'ont que rarement quitté l'Europe et ne veulent point prendre un avion pour aller fêter leur vieille parente au Canada, pays peu civilisé, pensent-ils, essentiellement de forêts et de lacs. Ce n'est pas pour autant que la vieille dame aurait voulu annuler la fête.

Samedi, le coiffeur parti, le petit repas pris, la sieste terminée, elle prendra un bon bain parfumé à l'huile de lavande, ce qu'elle fait tous les jours même si, en sortant de l'eau, elle doit, pour ne pas se casser quelque chose, exécuter des mouvements assez compliqués, évaluer d'abord la force de ses biceps, de ses fléchisseurs et de ses muscles pédieux, s'accrocher ensuite de la main gauche à une poignée fixée au mur, commencer la sortie en se penchant vers la droite et en appuyant son avant-bras droit sur le bord de la baignoire, composant ainsi de ses jambes et de ses bras diverses figures géométriques. Puis si la cuve semble glissante, qu'elle y a versé trop d'huile de bain à la lavande — plante qu'elle aime beaucoup et dont le parfum lui rappelle les étés passés dans les Alpes de Haute-Provence — elle décide de changer de position, se retourne, place les deux mains à plat, au fond de la cuve, s'appuie sur elles, se met à genoux, pose la main gauche sur le rebord de la baignoire tout en s'agrippant de la droite à un porte-serviette en acier et se relève finalement. C'est un exercice dangereux, la vieille dame en est consciente, un risque inutile. Un de ces jours il faudrait renoncer au bain et s'habituer à la douche qu'elle n'aime pas mais qui demanderait moins d'acrobaties et simplifierait ainsi la toilette matinale. Et elle lui ferait gagner du temps, ce qui semble de plus en plus nécessaire.

Marguerite n'aime pas perdre son temps mais doit malheureusement constater qu'en vieillissant elle en perd à longueur de journée. Tout mouvement physique — combien en fait-on par jour ? — lui prend quelques secondes de plus qu'avant. Et le mental ? Parfois il lui faut un court instant pour se rappeler un nom, un numéro de téléphone, le titre d'un livre. Ces apparents arrêts du fonctionnement de son cerveau l'énervent, le redémarrage exige des efforts exaspérants ; elle craint alors de tomber dans la confusion plus ou moins totale du gouffre de l'oubli où tant d'autres végètent déjà.

Après le bain, elle choisira la robe qui lui fera envie, la grise qui lui va si bien ou alors celle, bleue foncée, qu'elle vient d'acheter mais dont elle n'est pas encore tout à fait sûre. Il y a aussi l'ensemble beige, pantalon, veste col mandarin, qui lui donne une silhouette un peu plus mince, plus élancée. On verra, dit-elle à son amie Louise qui vient de lui téléphoner, tu me connais, tout dépend toujours de l'inclination du moment. La bleue ? La grise ? L'une ou l'autre, c'est entendu. Je mettrai les chaussures appropriées vers 16 h 30, pas avant, on ne sait jamais comment les pieds réagiront à se trouver plus emprisonnés que d'habitude.

Ponctuels, ses fils Martin et Michel arriveront samedi après-midi à 17 h, elle leur servira un petit verre avant de descendre avec eux à la salle de réception. Les deux hommes n'aiment pas trop cette salle qui en vérité est un peu maussade ; avec ses sofas sombrement fleuris, ses chaises droites et ses murs peints en vieux rose, elle fait, il faut bien l'admettre, « confortable asile de vieillards ». On y oublie facilement que 30 % des locataires sont des « jeunes » de moins de soixante ans et qu'il y a même quelques bébés dans cet immeuble subventionné par le gouvernement qui tient à en faire un établissement modèle intergénérationnel.

Marguerite est consciente du fait que ses fils la regardent vieillir. Chaque rencontre est une sorte d'examen. Elles ne sont ni nombreuses ni rares, elles se font volontiers, une dizaine de fois par année. Martin et Michel se demandent si leur mère est encore capable de faire ceci ou cela, de se baisser pour ramasser un bout de papier qui traîne, par exemple, ou bien s'il y a des signes d'une caducité destructive. La tête, ça va, se rassurent-ils probablement, mais as-tu vu... Marguerite aimerait savoir ce qu'ils se disent d'elle, la visite terminée. Elle comprend qu'ils espèrent glaner des détails utiles sur cette longévité en apparente santé et apparente autonomie, qu'ils espèrent imiter. Bien plus jeune que ses frères, Annie, leur sœur, demi-sœur pour être précise, s'inquiète un peu moins, elle a raison d'ailleurs, elle est en parfaite santé. À la voir on pourrait penser qu'elle fait partie de la génération des petits-enfants de la vieille dame.

Annie et sa partenaire Maureen auront, vendredi soir, embelli cette salle à force de plantes vertes, de fleurs, d'effets de lumière jouant sur de grandes photos de Marguerite, la montrant durant les différentes étapes de sa vie. Elles auront dépensé une fortune pour ces agrandissements, mais enfin, une dentiste et une avocate, ça peut se le permettre et probablement se servir des reçus au moment des impôts.

Les cartons d'invitation spécifient que l'apéritif sera servi à partir de 17 h, le dîner, à 18 h 30. Marguerite sera prête.

Quatre-vingt-quatre, ce n'est pas un chiffre rond. Mais la considération du quatre-vingt-cinquième anniversaire, chiffre rond et dans un sens plus marquant, avait laissé entrevoir de nombreux problèmes de coordination, des membres de la famille se trouveraient au loin, certains en Afrique, d'autres en Amérique centrale, du Sud aussi, en Asie. De fait, il aurait fallu retarder la célébration jusqu'en 2010.

— Me faire attendre pendant que vous vous promenez, s'était exclamée la vieille dame, c'est bête! Qui sait ce qui va m'arriver entre-temps? Et, dites-moi, que faites-vous donc, lors de ces voyages, dans ces pays lointains? J'imagine que vous n'y allez pas juste pour prendre des photos?

Naturellement on s'était mis d'accord pour l'année 2008. Et tel que prévu, la famille tout entière répondra samedi à l'appel.

Drôle de famille, dit sa fille qui n'a que quarante-cinq ans et à qui, puisqu'elle habite à quelques minutes seulement de l'immeuble où demeure sa mère, revient la pénible tâche de prendre soin de la vieille dame quand celle-ci signale que cela est nécessaire, ce qui n'arrive pas tous les jours, mais toutefois assez régulièrement, disons une ou deux fois par semaine.

— Je manque de piles pour mon appareil auditif. Tu…? Merci.

— Je ne trouve pas mes lunettes… Tu pourrais venir voir? Ah bon… dans la salle de bain? Merci.

— Mon quoi? Mon dentier? Ah non, excuse-moi, je ne te l'ai pas dit, je l'ai retrouvé… dans mon lit… Oui… Non, je préfère dormir avec… Au cas où quelqu'un m'appelle… Ma voix est alors plus normale.

— C'est vrai.

— Je ne sais pas ce que j'ai ce matin… Louise m'a dit qu'elle viendrait, mais…

— Maman, je dois être en cour, dans trois quarts d'heure, Maureen est déjà partie, je dois emmener la petite…

— Ah, bon…

— D'accord, je passerai après avoir déposé Alasie à son école. Mais je n'aurai que deux ou trois minutes. Juste le temps de te voir sourire, Marguerite.

La vieille dame est touchée. Ce n'est pas tous les jours qu'Annie lui fait de tendres compliments.

Son sourire. Fréquent, presque automatique. Aimable ? Marguerite trouve que sur certaines photos il lui donne l'air de vouloir mordre.

— Drôle de famille, explique Annie à Maureen, pas étonnant que la moitié des jeunes soit partie voir ce qui se passe ailleurs, en Europe, en Afrique, au Japon, au Nicaragua, au pays de Galles, au Nunavut... Ma pauvre mère qui essaie de retenir tout ça...

— ...Quelle pauvre mère ? Tu la sous-estimes, chère. D'abord, heureusement, elle n'est pas pauvre. Puis, elle a l'esprit clair et net, ta mère. Elle a de la chance !

❧

Enfin, demain ils seront tous là: les trois enfants de Marguerite, ses trois belles-filles, mères de ses sept petits-enfants auxquels il faudra ajouter Alasie, petite Inuite qu'Annie et Maureen hébergent pendant que Maureen lui répare les dents — dans l'espoir de pouvoir l'adopter bientôt — ses trois arrière-petits-enfants, les partenaires, les parents et les amis des uns et des autres. Une grande famille heureuse.

Et les jours suivants ils viendront la voir chez elle, indivi-duellement ou en petit groupe, ils lui feront bien ce plaisir, ils auront le temps étant donné qu'ils resteront si possible une semaine ou deux à Toronto, histoire d'avoir des billets d'avion à meilleur prix et d'aller voir des amis auxquels ils parleront de cette aïeule qui s'entête à continuer de vivre seule, au sixième étage d'un immeuble, et qui refuse, on la comprend, d'aller s'installer au sous-sol, chez un de ses fils ou chez sa fille. Elle aimerait plutôt déménager au neuvième étage d'où elle verrait le lac Ontario de ses yeux qui sont restés assez bons, enfin, surtout le gauche.

Qui s'occuperait de l'éventuel déménagement, a demandé Dora, la gérante de l'immeuble, auprès de laquelle Marguerite a commencé les démarches. La vieille dame aurait voulu s'enquérir si c'était vraiment de ses oignons mais s'en est abstenue.

— J'engagerai des déménageurs professionnels, a-t-elle déclaré pour clouer le bec à cette employée qui s'obstine à vouloir prendre soin de tout et qui devrait savoir que Marguerite est une femme forte malgré les petits et les grands inconvénients de l'âge, assez intelligente aussi pour savoir qu'un déménagement si petit qu'il soit (dans ce cas-ci, rien qu'un transfert d'un étage à l'autre, dans le même immeuble et évidemment par ascenseur), ce n'est pas à quatre-vingt-quatre ans que l'on peut faire ça tout seul ou rien qu'avec des amis.

Quatre-vingt-quatre ans… Le quatrième âge, qui d'après *Le Robert* commence à soixante-quinze ans, est-il déjà terminé? Et le cinquième? Est-ce qu'il y en a un? Combien d'années comprend-il? Marguerite, va-t-elle atteindre le chiffre magique de quatre-vingt-dix ans et puis même de cent ans? Dans quel état? La vieille dame y réfléchit à contrecœur. Elle a lu quelque part qu'en 2007 la France comptait 6 000 centenaires dans une population de 64,5 millions, qu'apparemment l'Hexagone jouit d'une des plus longues espérances de vie au monde. Et il y a de la compétition: *Der Spiegel*, hebdomadaire allemand, annonça la même année que plus de 10 000 centenaires vivaient en Allemagne, pays avec une population de 82 365 millions.

Pas mal, pas mal, tout ça. Pour le Canada, les chiffres sont encore plus réjouissants : 4 635 centenaires sur une population de 33 095 millions d'habitants… Seulement, aucun journaliste annonçant ces bonnes nouvelles ne s'étend sur l'état de santé des gens en question. La plupart de ces centenaires, imagine Marguerite, sommeillent de façon plus ou moins permanente dans des hospices, sans même savoir quel jour il est, quelle année. C'est un avenir auquel elle ne veut penser.

Serait-ce héréditaire, cette énergie qui lui a permis de survivre sans trop de cicatrices, chagrins, accidents, déconvenues, dépits, débâcles, rejets, pertes et humiliations ? Est-ce cette faculté qu'elle a de pouvoir dormir chaque nuit, tranquillement, n'importe où, dans n'importe quelle sorte de lit ou même sans lit, sur un simple matelas, par terre, faisant de beaux rêves comme on dit. Dormir en rêvant, que ça fait donc du bien ! Le soir, conseille-t-elle à ceux qui veulent bien l'entendre, avant de vous endormir, dites-vous tout simplement que la vie, toute catastrophique qu'elle est, vaut la peine d'être vécue. Ça influencera vos rêves. Et elle ne s'arrête pas là : Vous verrez, cela fait du bien, c'est facile, ça vous gardera en vie. Je pourrais vous présenter une dame de quatre-vingt-douze ans qui habite seule, elle aussi, oui, dans mon immeuble, une ancienne danseuse qui refuse de se servir d'une marchette et peut encore faire quelques pas de French Cancan… Elle ne me tient pas au courant de ses rêves, non, mais en tout cas, elle semble encore toute joyeuse et parfaitement lucide.

Elle leur fait d'autres discours. Elle n'aime pas, par exemple, qu'on l'appelle maman, mum, granny, Omi, mémé, mamie ou grand-mère, elle qui, enfant, appelait ses parents par leurs prénoms : Theo et Martha, Ma la plupart du temps, abréviation qui évite d'évoquer la

Marthe du Nouveau Testament, soumise et bonne ménagère. Les enfants et petits-enfants restent un peu confus devant toutes ces directives, mélangent les termes affectueux de l'enfance et le prénom servant à distinguer les uns des autres, malgré ce qu'elle leur dit :

— Ce sont les curés, médecins, juristes et hauts fonctionnaires qu'on nomme par leurs titres. Si vous voulez, vous pouvez m'appeler professeur ou docteur, et si vous tenez à y attacher le *e* muet du féminin, allez-y. Avec vos enfants faites comme bon vous semble, mais en ce qui me concerne, je préfère que vous m'appeliez par mon prénom, qui est simple, facile à prononcer même pour un petit enfant, Marguerite, bien plus facile en tout cas qu'Antoinette, Eléonore ou Murasaki. Qui c'est ? Voyons ! Une écrivaine japonaise, du 11e siècle. Vous devriez lire son roman, il est long mais il est génial et existe en livre de poche. Puis, notez, je vous rends la pareille, je ne m'adresse jamais à vous en vous qualifiant de fils, fille ou petite-fille ? Mais je sais bien, vous continuerez à m'appeler comme vous voulez, il n'y a pas de doute.

— Calme-toi, maman, on a compris.

C'est Michel, ancien sous-ministre adjoint au ministère des Finances, qui vient de trancher ainsi. La vieille dame sourit en se rappelant cet incident durant lequel Martin, l'homme entrepreneur à succès solides, était resté muet se pliant aux directives émises par son frère toujours subtil, courtois et en même temps décisif. Martin préfère le laisser-faire, il aurait pu souligner que les goûts, les couleurs et les coutumes, y compris la manière de parler, ne se discutent point, mais il s'est tu. Dès la naissance de Michel, il en avait été ainsi. Probablement à cause du poids du nouveau-né, 4 kg 800 alors que lui, Martin, deux ans avant, n'en avait pesé que 2 kg 500. Et quand il s'était penché pour la première fois sur le moïse du «petit», celui-ci lui avait, en souriant, attrapé les cheveux et les lui avait tirés de toutes ses forces. Merde alors, s'était dit Martin qui venait d'apprendre cette expression de son père. Par la suite, étant donné que Marguerite lui avait défendu de donner des coups à qui que ce soit, il avait gardé ses distances.

Naturellement, ils ont plus tard joué ensemble, se sont développés sans trop s'éloigner l'un de l'autre, mais c'est seulement au moment de la retraite du sous-ministre adjoint, à l'âge de 59 ans — mais que vas-tu faire de ta vie, demanda Marguerite, que va faire ta femme, retraitée elle aussi, à cinquante-sept ans, c'est ridicule ; vous n'êtes pas malades et vraiment on ne veut pas de fainéants dans la famille — que les relations entre les deux frères se sont finalement détendues au point où ils ont de temps en temps de vraies discussions. Elle les verra samedi, se réjouira de l'harmonie qui règne entre les deux hommes.

Déjà mardi, le temps passe trop vite, se dit Marguerite tout en se reprochant de ne pas éviter ce cliché. Prise de curiosité quant aux préparatifs qui se font pour la fête, elle quitte son appartement, prend l'ascenseur pour descendre au rez-de-chaussée où l'on entend des voix, des pas pressés, de la musique venant de la salle de réception. Marguerite est heureuse d'y voir Charlotte, une de ses six petites-filles, en train de s'entretenir avec Louise. Elles rient, elles gesticulent, dans la cuisine quelqu'un ouvre et ferme énergiquement placards et tiroirs, ça doit être le traiteur en train d'examiner ce qu'il y a et ce qui manque.

Parlent-elles politique peut-être ? Charlotte, étudiante en droit, férue de justice sociale, est constamment préoc-cupée par des problèmes d'immigrants et de réfugiés frais débarqués, forcés d'accepter du travail pour un salaire minimum dans un pays qui ne veut pas trop reconnaître leurs diplômes acquis ailleurs. Samedi, elle va probablement en emmener au moins deux. Ils n'ont pas été invités personnellement? Tant pis, ne faut-il pas toujours garder une ou deux places pour les nécessiteux? Charlotte s'y connaît, elle pourrait tenir des discours sur le sujet. Louise, Québécoise de souche transplantée par ses parents en Ontario, à Toronto, donc dans un sens personne déplacée elle aussi, lui donne volontiers raison. Mariée puis divorcée, elle est à tour de rôle et à temps partiel l'assistante et toujours l'amie de Marguerite. De vingt ans plus jeune que la vieille dame, elle vient au moins une fois par semaine le matin, vers neuf heures, s'en va à midi prendre le déjeuner avec des personnes de son âge ou avec son ex-mari, Pierre, qui voudrait bien qu'elle retourne au Québec avec lui. Non, dit-elle chaque fois qu'il recommence à le lui proposer, à le lui redemander en faisant toutes sortes de promesses. Je ne veux, je ne peux pas quitter Marguerite après tout ce temps, je fais pour ainsi dire partie de la famille.

Charlotte est bien contente de le savoir, elle sait que d'ici cinq ou six ans Marguerite aura de plus en plus souvent besoin d'aide. Elle a vu des reportages sur les maisons de retraite, elle ne veut pas que sa grand-mère y aille, pas question. Elle-même, son frère Stéphane aussi, Annie, bien sûr, Louise, Élise, chacun pourrait y aller une fois par semaine, se dit-elle. Je trouverai le temps, Khaled comprendra. Khaled est le petit ami de Charlotte, ancien professeur de physique qui termine ses études d'art culinaire, d'ailleurs il est là, Marguerite le voit. Il lui semble petit. Charlotte va-t-elle faire comme ses sœurs? Bien sûr, elle est encore jeune, elle n'a que vingt ans. Khaled l'Égyptien disparaîtra probablement de sa vie, mais, chose

remarquable, dans cette famille qualifiée de drôle tout
à l'heure par Annie, les femmes de la jeune génération
sont généralement assez grandes, fortes mais pas grasses,
musclées plutôt. Junoniennes, elles tendent à choisir des
partenaires de petite taille. Quand Stéphane, le seul garçon
de la génération des petits-enfants de la vieille dame, se
retrouve avec ses trois sœurs et trois cousines, il dépasse
toujours, enfin, presque sans exception, de plus d'une tête
leurs partenaires. Regardez ma tête de turc, dit-il et s'ex-
cuse aussitôt, je suis navré d'employer aussi bêtement des
formules colonialistes. Que je sache, pas une seule goutte
de sang ottoman ne coule dans mes veines, enfin sait-on
jamais avec qui nos aïeules se sont accouplées, vraiment!
Les vérifications sont maintenant possibles, continue-t-il
dans sa qualité de futur médecin, peut-être devrait-on
en faire à la naissance de tout enfant, les gens en pren-
draient l'habitude, n'y verraient finalement aucun mal, au
contraire, cela rassurerait les hommes. Et les arbres des
généalogistes auraient des racines moins fictionnelles.

De fait, Louise et Khaled sont en train de convaincre
le traiteur, une spécialiste de vrais produits organiques,
qu'il vaudrait mieux asseoir les invités à des tables pour
huit personnes, comme au Club Méditerranée, au lieu
de les placer à une grande table en forme de fer à cheval.
Ça serait plus de travail pour le personnel? Il faudrait
deux serveurs de plus? Il faut ce qu'il faut. Louise voit
mal Marguerite présider à une seule table accommodant
plus de trente personnes, surtout qu'elle a de la difficulté
à comprendre ce que les gens disent quand il y a plusieurs
discussions en même temps, comme dans la première
scène de *Rhinocéros*, pièce que Louise a vue à Montréal
et que Khaled est en train de lire. Marguerite s'en mêle,
confirme sans honte que, oui, les conversations entrecroi-

sées la confondent. Et voilà que Louise impose sa décision, selon le principe que le client a toujours raison, comme si l'événement était à ses frais alors que ce sont les fils de Marguerite qui ont signé le contrat sans toutefois penser aux menus détails.

Cette petite bataille de gagnée, Marguerite a envie de remonter chez elle. Elle sort de la salle, marche comme toujours penchée légèrement en avant, l'échine courbée. Depuis longtemps Annie le lui fait remarquer au moins une fois par semaine. Déjà quand elle était petite mais en âge de lire, elle gardait la tête penchée même si elle ne lisait pas et Ma lui disait de se tenir droite, la menaçait de lui attacher un cintre en bois aux omoplates pour qu'elle devienne droite comme un peuplier.

Droit, grand, mince, élancé, l'idéal de Marguerite quant à la forme humaine et, pas seulement ça: la girafe qui court la tête haute lui semble plus attrayante que l'hippopotame pesant des tonnes, sortant laborieusement de l'eau boueuse d'une rivière africaine, la gueule rose grande ouverte, montrant des dents d'un ivoire plus fin que celui des défenses d'éléphant, le lévrier lui plaît davantage que le Loulou de Poméranie. Mais enfin, les raisons d'aimer varient et qui, se demande Marguerite, se réjouirait de vivre dans des lieux monotones où tous les arbres seraient de la même espèce?

Elle revoit les arbres de ses jardins, pins, bouleaux, cerisiers, poiriers, et pruniers du jardin berlinois, les eucalyptus d'Addis Ababa, les oliviers du Midi, les érables du Canada, pense aux chênes et pruniers à mirabelles du grand jardin de la maison au bord de la mer Baltique, au figuier du misérable petit jardin tunisien produisant de délicieuses figues vertes. Le matin, les enfants dormaient encore et tout était tranquille, elle en cueillait une ou deux, les dégustait tout de suite, vraiment, il faut employer ce verbe déguster qui exprime si bien le délice d'une figue, fraîche encore de la nuit, fondant dans la bouche…

À Toronto, certains immigrants italiens penchent, avant que l'hiver ne s'installe, la cime du figuier de leur cour vers le sol, l'y enterrent, — phénix à libérer au printemps. D'ailleurs, elle a trouvé cet été un figuier chez le fleuriste du coin qui s'efforce d'épater ses clients torontois par un étalage de plantes exotiques, un tout petit, avec pas plus de sept feuilles et un tronc, si l'on peut appeler ainsi une tige d'un diamètre de six millimètres à peu près. Elle l'a mis dans un vieux tonneau sur le toit de l'immeuble et cet arbrisseau encore chétif a maintenant l'air de vouloir produire une toute petite figue avant la venue de l'horrible hiver, elle sera évidemment moins bonne que les figues inoubliables de l'autre arbre, mais un délice quand même, surtout qu'au marché St. Lawrence, à cinquante mètres de l'immeuble qu'elle habite, les figues importées de Californie se vendent 1 $ ou plus la pièce, ce sont des figues qui doivent subir de longs voyages dans des containers réfrigérés et obscurs, ce qui incommode probablement ces fruits créés selon certains Américains par le design intelligent d'un bon dieu mais plus sûrement par le processus appelé évolution et surtout le travail des cultivateurs. Quand la vieille dame monte à la terrasse, elle s'extasie devant son figuier, calcule déjà comment elle va le pencher vers le sol pour le protéger d'une fin prématurée. S'imagine-t-elle qu'elle pourrait de la même façon protéger son corps ? Cacher sa tête blanche pendant quelques mois, courber l'échine puis se redresser, recommencer sa vie ? Pas recommencer au début, ah non, ni en tant que fillette genre garçon manqué, puis adolescente maladroite, elle n'a pas envie de revivre l'époque hitlérienne, par contre n'aimerait-elle pas reprendre la vie à quarante ans, cinquante peut-être ? Mais ça ne veut rien dire… reprendre… recommencer…

Elle ne se fait pas d'illusion, elle se sait destinée à la mort, comme tout le monde et surtout les personnes âgées, même si elle tente de prolonger ce qui devient de plus en plus difficile à vivre : son existence. Qui ne le ferait pas ? Mourir sans savoir ce qui vient après, sachant que la réalité s'arrêtera, le mouvement, la voix… Qui resterait imperturbable devant un tel avenir ?

Calcium, minéraux, vitamines, Stéphane n'y croit qu'à moitié et le lui a dit, mais Marguerite continue d'avaler ces pilules prometteuses, chères et probablement inutiles. Comme tout le monde, elle préférerait pouvoir choisir sa mort, la date et la façon… Mais, bref, elle n'a pas envie de mourir. Pas encore. Quand elle l'aura, cette envie, aura-t-elle la possibilité de choisir ? Probablement pas. Ne pas choisir, explique-t-elle à Stéphane, signifie amertume. Un mauvais goût dans la bouche, un dos arrondi, des épaules qui pèsent. Des pensées qui pèsent. Elle ne veut pas tout le temps y songer, à cette mort, mais néanmoins elle ne veut pas être lâche non plus. Elle se rappelle Montaigne et sa fameuse phrase sur la mort : *Le remède du vulgaire c'est de n'y penser pas.* Puis encore une deuxième : *La préméditation de la mort est préméditation de la liberté.*

La vieille dame a un tas de phrases comme ça dans la tête. Quand elle enseignait, elle en mettait sur le tableau en espérant que quelques étudiants les noteraient. N'effacez pas ça, disait-elle à la fin de la classe, ça ne presse pas. Elle pourrait agrémenter ses conversations de citations mais par modestie ne le fait pas, histoire de ne pas étaler son savoir et de faire remarquer à ses interlocuteurs qu'il leur reste beaucoup à apprendre. Seule avec elle-même, elle pense à

Fahrenheit 451, entend les comédiens se réciter des livres entiers pour leur propre plaisir. Savoir tout un roman par cœur, quelle merveille! *Le Rouge et le Noir?* Trop long? *Adolphe? L'Étranger? L'Amant?* Des pensées de Pascal, peut-être? Celle sur le divertissement, par exemple?

S'endormir en contemplant une maxime, se réciter une scène de roman plutôt que de regarder la télé, s'endormir enlacée par des mots, des images, des résonances profondes, tomber dans le rêve, si c'était cela, la mort? Mourir sans savoir que le moment de quitter le monde, y compris sa propre famille, arrive?

La famille… Rien que d'y penser, Marguerite oublie et le sommeil et la mort. Elle se dit que Breughel aurait aimé peindre ses descendants, ce groupe de bons vivants gourmands, gourmets, joyeux et intelligents. Dès le plus jeune âge, ils apprennent à leurs enfants à aimer la nourriture et à goûter à tout. C'est ainsi que la petite Béatrice, fille d'Hélène et de Robert, deux ans, a avalé un soir quelques petits clous de tapissier — quelle affaire — pourtant il n'y avait aucun tapissier dans les environs. Tout ce que le médecin avait pu dire c'est qu'il fallait attendre le lendemain, espérer que l'enfant évacuerait tranquillement les clous sans qu'ils aient causé de dommage. Béatrice avait bonne digestion, heureusement, tout comme la petite Silka qui, âgée de huit mois, avalait des groseilles rouges, l'une après l'autre, se régalait de leur acidité et les faisait suivre de fromage à goût fort, du vieux cheddar de préférence, pendant qu'Élise, qui est brillante et termine son doctorat en anthropologie visuelle, riait sans se soucier du régime alimentaire de sa fille. Il y a eu l'histoire de Niko aussi, que ses parents, tous deux médecins, croyaient atteinte de sinusite chronique jusqu'à ce que Maureen, la dentiste, — l'enfant avait alors six ans — lui découvre dans le sinus maxillaire gauche un vieux sou en cuivre. Avait-elle, bébé, pris son nez pour sa bouche ? Enfin, la plupart de ces histoires de bambins prêts à tout avaler s'étaient toujours bien terminées, quand on les raconte tout le monde rit, touche du bois.

La nourriture joue donc un rôle prééminent dans la vie de ce groupe multinational, nourriture inclusive mais à base de cuisine française ou bien méditerranéenne avec un petit accent allemand révélant les origines de Marguerite qui a quitté l'Allemagne à l'âge de vingt ans mais en garde certains goûts et attitudes, même si ses fils se sont énergiquement tournés vers d'autres pays, la France et le Canada, au point où Michel n'a jamais mentionné ses origines à moitié allemandes à ses collègues.

L'accent... Marguerite a appris le français avec des Français de France et de Belgique, ce qui lui a donné une prononciation excellente du français international. Quant à l'anglais, elle l'a appris avec des professeurs allemands ce qui explique l'accent allemand dont elle n'arrive pas à se débarrasser. Tous les jours, les *th* anglais prononcés à l'allemande, c'est-à-dire comme un *s* ou un *z*, trahissent la vieille dame et font surgir la question détestable : *Where are you from*, question que les Canadiens anglais ont tendance à poser surtout à ceux et celles arrivés ici après la Seconde Guerre mondiale.

Annie enjoint à sa mère de répondre « de Scarborough » où Marguerite n'a jamais mis les pieds, mais la vieille dame prend la question trop au sérieux, ne réussit pas à dominer le vertige quand elle entend cette question provoquée par une curiosité qui l'indispose et la plonge pour la énième fois dans le tumulte des années 1933 à 1945. Viendrait-elle, serait-elle, Marguerite, fille de Theo et de Martha, de souche empoisonnée ?

Un jour, se dit Marguerite, je m'y prendrai. Je veux y voir clair, une fois pour toutes. J'irai visiter mes origines, examiner les actions de mes ancêtres, me laver, si nécessaire, non, me repentir de leur culpabilité si jamais il y en a. La dire dans un livre. En même temps, ça servira de leçon d'histoire à ceux, malheureusement nombreux, qui en ont besoin.

∾

Que vais-je en faire, de ma bibliothèque, se demande un peu plus tard Marguerite en choisissant le roman qu'elle lira pendant une dizaine de minutes avant de s'abandonner au sommeil. Personne ne lira tous ces bouquins, surtout pas mes livres allemands, même pas ceux écrits en allemand par Theo, par mes grands-pères, mes oncles. En anglais, il n'y a que le roman sentimental écrit par Eva dans lequel la protagoniste se fait avorter, en 1940, thème audacieux faisaient remarquer à l'époque les journaux londoniens. Le livre pourrait intéresser la jeune génération.

Et les autres reliques de son passé bourgeois, que vont-ils devenir? Les couverts en argent massif, le service de table en porcelaine de la Manufacture royale de Berlin — la porcelaine la plus blanche du monde selon les experts — qui en veut vraiment? La plupart des membres de la famille préfèrent la poterie artisanale, les couverts en acier inoxydable plus hygiéniques, les baguettes chinoises en bois ou en plastique, sans valeur particulière. Qui veut les tapis persans anciens dont celui dans sa chambre à coucher — voyons, il a un trou mal reprisé, c'est Michel qui un jour s'est installé dessus pour découper des images et accidentellement y a fait ce trou — tous ces objets ne conviennent pas à la jeune génération qui se veut légère de possessions, comme Marguerite elle-même d'ailleurs… À bien regarder, elle ne possède pas tant d'objets que cela. Nous avons tout intérêt à jeter du lest, écrit Jules Romains selon les explications de ce mot que la vieille dame trouve dans le *Petit Robert*.

Des montagnes de choses abandonnées, chaises et tables, lits et sofas, étagères, édredons, oreillers, matelas et couvre-lits, assiettes ébréchées ou non, casseroles, poêles à frire et lampadaires s'échafaudent à la fin de presque chaque mois dans la cour de cet immeuble près du marché Saint-Laurent, témoins de la vie d'une personne disparue et ou décédée, selon les circonstances. À quoi ça sert de remplir sa demeure, ses placards, tiroirs et armoires de possessions et de vêtements ? Un énorme camion vert arrive, avale en un tournemain et en faisant beaucoup de bruit ces objets qu'un être humain a autrefois chéris.

La vieille dame jette un autre coup d'œil sur sa chambre qui a un air de bibliothèque avec ses nombreuses étagères remplies de livres. Les universités n'en veulent pas non plus, de ces livres ayant voyagé avec elle de Berlin à Tunis, puis de Tunis à Berlin, de Berlin à Montréal, de Montréal à Addis Ababa, puis retour à Montréal, de là à Grand Forks (Dakota du Nord), Montréal encore et, plus tard, Guelph, finalement à Toronto, ne serait-ce pas le moment de se débarrasser de tous ces volumes ? Mais comment ? Les bibliothèques préfèrent les microfiches et le traitement robotisé des éditions virtuelles, se lamentent du manque de place, avec ces millions de livres publiés sur papier, année après année, malgré la technologie du virtuel qui mènera d'ailleurs sûrement et vite au viol des lois sur les droits d'auteur.

Marguerite pourrait distribuer les livres de sa propre plume aux membres de la famille qui n'en possèdent pas encore, elle a toujours dix exemplaires de chaque ouvrage dans sa bibliothèque, parfois elle en envoie un à une amie, parfois elle en vend quelques-uns à des voisins qui ne savent pas quoi offrir à leurs amis. Mais au fond même dix, c'est trop. Pourtant elle reste fière de ce qu'elle a publié. Quand elle lit dans le *Globe & Mail* du 4 août 2007 que, dans sa nouvelle « The Bare Manuscript », Arthur Miller présente un romancier souffrant de ce qu'on appelle en anglais le *writer's block*, qui essaie de s'en sortir en écrivant une nouvelle sur la peau d'une femme nue, elle est très satisfaite d'avoir eu simultanément la même idée que Miller sans être au courant du texte de l'auteur américain et d'avoir écrit *L'homme-papier*, un roman dans lequel une femme écrivain imagine écrire sur la peau d'un homme. Oui, elle aime bien ses livres. Quand cette semaine sera finie, elle se remettra à l'écriture. Peut-être même qu'elle prendra des notes durant la semaine, si jamais le temps le permet.

Mais pour le moment il faut se préparer pour la nuit, regarder ce qu'il y a dans le frigo, prendre un bout de fromage, une tranche de pain allemand, quelques framboises achetées le matin et qui autrement risquent de se gâter. Boirait-elle un petit verre de vin rouge ? Stéphane soutient que ça fait du bien.

Neuf heures du soir, Marguerite se couche, lit une dizaine de pages, éteint la lumière quand ses yeux ne veulent plus suivre les mots. Allongée d'abord sur le dos, ce qui ne semble pas confortable à la longue. Elle préférerait s'endormir couchée sur le côté gauche, même si Ma déconseillait autrefois cette position, disant que cela fatiguait le cœur. Tant pis, ce sera encore une fois cela, malgré les possibles conséquences.

La vieille dame s'endort vite comme toujours. Elle rêve. Elle se retrouve dans la cour de son immeuble, au pied d'une montagne d'objets jugés inutiles. Elle a l'impression qu'en cherchant bien elle y retrouvera la grande paire de ciseaux dont son père se servait pour découper des articles de journaux. Il la gardait dans le tiroir de droite de son bureau. Plus tard, ayant hérité de ces ciseaux, Marguerite a fait pareil, puis un jour l'instrument qui coupait si bien a disparu. Là, dans la cour de l'immeuble, elle fouille, elle cherche, elle en a besoin des ciseaux paternels qui lui semblent indispensables alors qu'elle ne s'en est pas servi depuis des mois… Que c'est donc fatigant de s'attaquer au passé, elle commence à en avoir le vertige, à perdre son souffle… Déjà, elle entend l'énorme camion qui, la gueule résolument ouverte, pénètre dans la cour de l'immeuble. Mais cette fois-ci, il claironne en plus une sorte de chanson militaire au rythme énergique et répétitif: *Where are you from? Where are you from? Where are you from?*

II

FRAGMENTS D'UNE ENFANCE ALLEMANDE

À mon père

Le sexe féminin

— Tu m'embêtes, Theo. Tu sais trop de choses. Trop de petits détails. Tu prends encore du dessert?

— Un peu… merci, chérie. Tu sais ce qu'il dit à sa femme, Morgenstern, le poète?

— Tu vas me l'apprendre, sans doute?

— Écoute: *Peut-être qu'un jour cruel, tout sera renversé*
Tu seras l'homme, moi, la femme.

— Ah non, Theo! Ne me parle pas de ça. Je suis bien contente d'être une femme, ne serait-ce qu'à cause des petites. Mais ce nouveau-là (*elle se tâte le ventre*), il faut que ce soit un garçon. D'ailleurs, il bouge presque sans arrêt.

— Un garçon? On verra.

L'homme se lève, prend sa serviette, la plie en triangle, la met tel un fichu sur sa tête, noue les bouts sous son menton. Penché en avant, genre vieille paysanne claudicante, il tourne autour de leur grande table ronde et chantonne:

La femme est l'ombre
L'homme la lumière
La femme connaît le malheur
L'homme vit le bonheur

— Qu'est-ce qui t'arrive ?

— C'est un dicton japonais qui permet de transformer un fœtus féminin en fœtus masculin. Dans le ventre de la mère.

Martha se tait. De quoi se mêle-t-il encore, Alfred, le fou de la famille Bohner, le plus jeune des fils ? C'est lui qui a dû écrire… Ou bien est-ce l'autre, Hermann, qui a été prisonnier de guerre des Japonais ? Qu'est-ce qui les pousse, ces frères de Theo, à courir enseigner l'allemand au Japon ?

— Ça date de 1723. Mais ce que je fais là, ne suffit pas. Il faudrait que tu descendes dans la cour, très tôt le matin, avant qu'un cocher ne vienne chercher de l'eau pour son cheval, à la vieille pompe. Puis que tu tournes trois fois autour d'elle, nu-pieds…

— …Tu parles ! Avec ce froid ?

— …vêtue d'une de mes chemises, avec un vieux chapeau à moi sur la tête, en marmonnant…

Hermann a-t-il compris qu'elle veut un garçon ? Comment était-ce ? *La femme est…*

La femme est l'ombre
L'homme la lumière
La femme connaît le malheur
L'homme vit le bonheur

— Ombre ? Lumière ? Peu importe… Pour moi, Theo, le compte est fait. Je suis ta femme et nous avons deux filles…

— Et le numéro trois, Martha ? Si c'était encore une fille ?

— Imbécile ! C'est un garçon !

— Ah bon….

À la naissance de cet enfant, le père trouva sa troisième fille belle comme tout. La mère pleura. Elle pensait que la vie des femmes est bien plus difficile que celle des hommes.

C'est du moins ce que le père de Marguerite raconte dans *Das Licht und sein Schatten* (La lumière et son ombre), roman publié en 1937. Il y mentionne aussi que son protagoniste s'était adressé à des associations féminines pour trouver de la documentation qui renseignerait sa femme sur l'émancipation de son sexe.

Le père de Marguerite, un féministe? En 1924? Remarquable! De fait, ça explique pas mal de choses, y compris le féminisme qui animera plus tard les livres qu'elle écrira...

Né de parents blancs

— Tu veux que je te lise une histoire ? Celle… Où est donc le livre ? Celui d'hier ?

— Cherche pas ! C'est mieux quand tu racontes, sans livre…

— Laquelle alors ? Celle du ver africain dans la jambe de mon père, le missionnaire ?

— *Igittigitt*[1]… Non ! Celle de ton nom ! Et éteins la lumière, on n'en a pas besoin.

— Celle de mon nom…

— Kwabla ! Tu sais bien. Pourquoi on t'a appelé Kwabla. Vas-y. Raconte !

∾

Je suis né en Afrique, sur la Côte d'Or. Dans la chapelle qu'il avait lui-même construite pour fêter Dieu, mon père m'a baptisé Theodor. Mais les Noirs à qui ma mère me confie ce soir-là…

— Pourquoi ?

— Comment, pourquoi ?

---

1 - Onomatopée allemande, exprimant le dégoût.

— Pourquoi est-ce qu'elle t'a confié à des Noirs ?

— Les habitants du pays de ma naissance étaient tous noirs.

— Mais pourquoi elle t'a confié à ces gens ? Elle ne pouvait pas te garder ?

— Je t'ai raconté mon histoire beaucoup de fois, Marguerite. Tu ne m'as jamais posé cette question-là.

— C'est que j'y réfléchis parfois, à tes histoires, alors les questions m'arrivent.

— Ah, bon. Peut-être qu'elle voulait lire un livre et moi, je voulais qu'elle me chante une chanson, alors…

— Elle chantait bien ?

— Oui, et elle jouait de l'harmonium.

— Qu'est-ce que c'est, un harmonium ?

— C'est comme un piano.

— Maman joue du piano. Mais elle ne chante pas.

— Je continue mon histoire ?

Bien sûr. Marguerite promet de ne plus interrompre.

— Donc, les Noirs m'ont donné un deuxième nom, le nom…

— …Kwabla !

— Oui. Parce que Kwabla était le dieu africain qui régnait ce jour-là et qui allait me protéger…

— Comme le bon Dieu ?

— Celui à la barbe blanche ? Oui…

— Les dieux noirs ont des barbes blanches ?

— Noires plutôt…

— Alors toi, tu es protégé par un dieu blanc à barbe blanche et un dieu noir à barbe noire.

— Si tu veux.

— Tu ne le sais pas vraiment ?

— Oh, Marguerite, laisse-moi finir mon histoire !

— …

— Les Noirs à qui j'avais été confié ont bu du vin de palmier à ma santé. Ils ont chanté et dansé et battu leurs tambours de bois. Toute la nuit.

— Et tu n'as pas dormi.

— Qui t'a dit ça ? J'ai très bien dormi. Puis il est temps que tu...

— Je voulais juste savoir si tu connaissais la fin... Dis-moi encore le nom du village, s'il te plaît.

— Je suis né à Abokobi...

Marguerite s'endort en répétant tout doucement, la tête sous l'édredon : Kwabla est né à Abokobi... À Abokobi... Abokobi...

Promenade à bicyclette

C'EST UN BEAU JOUR DU MOIS DE JUIN. Ma se hâte de préparer le pique-nique qu'elle mettra dans le porte-bagages de sa bicyclette noire. Christa, neuf ans, rouspète parce que l'équipement de plage de la petite, seau, pelle, etc., prend trop de place dans son sac à dos :

— Quand est-ce qu'elle va cesser d'être un bébé ?

— J'aime bien les bébés, Marguerite, chuchote le père.

Eva, onze ans, joue à celle qui n'est plus un enfant.

Quatre bicyclettes prêtes à partir dans la cour de l'immeuble, Brückenstrasse 3, à Magdebourg, en Allemagne. Marguerite aime la jaune, une bicyclette d'homme équipée à l'avant d'un siège pour enfant. Pour Marguerite, trois ans et demi.

Les voilà partis. Le père fait le guide.

— Maman ne connaît pas le chemin ?

Tout le monde rit. La mère, qui ferme le cortège, trouve que ce n'est pas drôle.

Comme la petite est dans son siège la première en ligne, elle doit annoncer ce qu'elle voit : un pont en fer, l'Elbe, des bateaux, un pré, des vaches, un fermier qui laboure son champ. Christa lui reproche de ne pas avoir vu le train qui passe :

— Il faudrait lui acheter des lunettes.

Il fait beau. Theo chante. Il chante fort, joyeusement faux. S'il ne portait pas de lunettes, il n'y verrait rien. Il dit à Marguerite qu'on lui achètera des lunettes quand elle en aura besoin mais que, pour le moment, il n'en est pas question. Qu'elle n'a pas vu le train parce qu'elle n'a pas regardé. Faut-il regarder pour voir?

Dans un des villages, des gens leur font signe. Les cloches d'une petite église sonnent. Il doit être midi. Encore un kilomètre et ce sera la plage. Le soleil est chaud.

Voici les *Badebuden,* des cabines de bains, en bois, sur piloris; parfois, quand il y a de grandes pluies, l'Elbe monte presque jusqu'aux portes.

Voici la leur. Bleue, d'un bleu délavé, Marguerite aime ce bleu, même si à certains endroits la peinture s'écaille. Elle aimerait d'ailleurs tirer sur les bouts de peinture qui se détachent, éplucher la *Badebude,* la déshabiller.

Le père, qui a la clef pour le cadenas tout rouillé, ouvre la porte. Marguerite voit les transats, les deux petites tables, une autre, plus grande, des chaises pliantes, des livres. Il faudra dépoussiérer tout cela, dit sa mère toujours si propre, si belle avec ses longues jambes dans sa jupe-culotte de lin écru. Laisse donc, dit le père qui aime cette femme, on n'est pas venus pour faire le ménage.

Déjà il court, presque, vers l'eau, les deux grandes le suivent dans leurs maillots noirs. Martha déshabille la petite. Va t'amuser, dit-elle, mais reste au bord de l'eau. Tu peux y mettre les pieds. Attention, l'eau pas plus haute que les genoux. Elle tire une des chaises longues, s'allonge au soleil, ouvre son livre. Elle ne sait pas nager. Pourtant, en 1910, elle a sauvé deux personnes qui se noyaient dans la mer Baltique. Elle a eu une médaille et l'empereur Guillaume II l'a invitée à un dîner de gala. Deux morceaux de chocolat, enveloppés artistiquement de papier argenté et de dentelle, mais surtout garni des portraits des souverains, en témoignent dans la vitrine de son salon. Il y a de remarquables événements dans la vie.

Marguerite pose son petit derrière nu sur une roche. Elle aime sentir cette surface agréablement tiède sous ses fesses. Une fourmi court sur la pierre. Elle pourrait la chasser d'un coup de main, mais la laisse tranquille, l'animal ne viendra pas l'embêter, de toute façon un si petit insecte ne pourra pas l'engloutir. C'est son père qui le lui a fait comprendre tout en lui apprenant à se servir du beau mètre jaune, en toile cirée, qu'il garde dans un tiroir de son bureau. Ensemble, ils ont mesuré toutes sortes de choses, y compris quelques fourmis qu'ils sont allés chercher sur le trottoir, devant l'immeuble.

Le fleuve gris bleu est plat. On dit qu'il «coule», mais l'enfant ne voit pas le mouvement. Les peupliers gris vert ne bougent pas non plus. Peut-être que leurs feuilles tremblotent un petit peu sans faire de bruit.

Quand son père aura assez nagé, il viendra vers elle, lui mettra une sorte de ceinture en liège autour du ventre, lui dira de se coucher sur l'eau, de se laisser porter par elle, de ne pas avoir peur. Je t'attends là-bas, ajoute-t-il, là où il y a le tas de briques... Monsieur Müller doit vouloir construire un mur, on se demande pourquoi.

Elle n'a pas peur. Son père n'est pas loin. Lentement elle flotte vers lui, couchée sur le ventre. Elle regarde les nuages qui voyagent au-dessus d'elle, hauts dans le ciel. Ils remontent le fleuve alors qu'elle le descend, on dirait que l'enfant et les nuages se croisent. Marguerite se demande si elle devrait les saluer, leur faire un petit signe de la main. Ils doivent être doux au toucher. Mais elle reste immobile. Elle ferme les yeux, elle sait que son père ne va pas l'ignorer quand il l'apercevra. Il va la soulever, la sortir de l'eau, ils ont déjà fait cet exercice elle ne sait combien de fois. Et chaque fois il s'attend à ce qu'elle soit surprise en le voyant debout, au bord de l'eau. Il lui demandera si elle a fait bon voyage et elle dira que oui.

Plus tard, quand ils auront mangé, lui et elle iront «voir la nature», comme il dit. Il lui apprendra les noms des arbres, peupliers, bouleaux, saules pleureurs, ormes, et des fleurs sauvages, pissenlits, myosotis, violettes, boutons d'or…

Randonnée pédestre

Pontresina, la Suisse, ils marchent dans les Alpes, Theo, Martha et les trois enfants à qui Theo vient d'acheter des cannes. Le soir, il y clouera les petits macarons en métal qui annoncent clairement les noms des villages qu'ils auront visités et les noms des montagnes aussi. Dans le magasin, il y en avait d'autres, plus chers, émaillés, les paysages en couleur avec, sur les hautes montagnes, de la belle neige blanche; raisonnable comme la plupart du temps, il ne les avait pas achetés, malgré toutes les câlineries de Christa.

Martha prend des photos: Eva s'appuie, l'air absente, sur sa canne, alors que Christa, canne à la main, sourit en se tenant bien droite et que la petite, comme tout le monde l'appelle, arbore son air énergiquement espiègle. On dirait un poulain, grattant le sol de ses pieds, sur le point de galoper.

Quand Marguerite est fatiguée, le père l'assoit sur ses épaules, elle voit alors mieux les montagnes. Dans un sac à dos il a des citrons et, dans un étui en cuir, un gobelet rétractable dont il est très fier. Quand tout le monde a soif, et quand il y a une fontaine, il leur prépare de la citronnade non sucrée mais délicieuse.

Au moment du coucher, en attendant que ses sœurs la rejoignent dans « la chambre des enfants » — elles détestent cette appellation — il lui lit à voix douce un chapitre de *Heidi*.

La maison au bord de la mer

— PARLE-MOI DE LA CHAMBRE BLEUE, MA.

Martha rapproche sa chaise un peu plus, caresse légèrement la main de Marguerite. En l'absence du père, le rituel du soir lui revient.

— Elle est bleue, pas très grande, mais bleue.

— Bleue comme le ciel ou bleue comme la mer?

— Bleue comme une chambre.

Martha ferme les yeux. Elle entend le bruit des vagues de la mer Baltique, voit la maison d'été dans les dunes, le jasmin à côté de la porte du jardin, la véranda du petit-déjeuner, la plate-bande aux roses, le saule pleureur aux feuilles d'un vert si tendre devant la fenêtre de sa chambre bleue, la pompe à côté de la porte de la cuisine… Elle entend la voix de sa mère qui appelle Frau Saatman, la cuisinière… Mais non, c'est Marguerite, ici, dans le gris Magdebourg…

— Ma! Commence!

— Veux-tu que je te dise ce qu'il y a à Ahrenshoop?

— Du sable blanc…

— Des immortelles jaunes qui durent tout l'été…

— L'eau salée de la mer…

— Des groseilliers au fond du jardin…

— Des grappes de petits fruits rouges…

— Il fait chaud à Ahrenshoop.

— On reste à la plage jusqu'au soir…

— En juillet, il y a une fête pour les enfants… Nu-pieds dans leurs sandales, les filles portent des robes blanches. Tôt le matin, elles sont allées cueillir des marguerites et des pissenlits pour se faire des couronnes.

— Je veux y aller, *Mutti*…

— L'été prochain. Peut-être.

Une visite

APRÈS AVOIR VÉCU plus de trente ans en Afrique avec son mari, missionnaire luthérien, antiesclavagiste, mort vingt ans avant la naissance de Marguerite, la mère de Theo vit maintenant quelque part dans le sud de l'Allemagne. Theo va parfois la voir, mais elle ne vient que rarement à Magdebourg; sa belle-fille l'intimide. Marguerite la voit la plupart du temps assise dans le salon, petite et trapue, dans une robe noire à col montant serré aussi rigoureusement que son chignon gris, en train de lire des petits livres que Theo qualifie d' «édifiants».

Lors d'une de ses rares visites, elle avait apporté une boîte de biscuits de Noël que l'enfant ouvrit sans avoir demandé la permission. Ça sentait bon l'anis, les amandes et la cannelle, elle avait envie d'y goûter, à ces jolis biscuits en forme d'étoiles, de petits cœurs, de croissants ou de losanges, mais avant qu'elle ne puisse faire son choix si difficile, une main ferma d'un clac! décisif la boîte métallique et une voix lui dit:

— C'est seulement pour Theo.

Marguerite n'avait pas l'habitude qu'on soit si sévère avec elle. Elle ne connaissait rien aux relations entre mère et fils. Au fond, elle ne connaissait pas sa grand-mère. L'incident ne la rendit pas plus curieuse.

Pourtant, cette femme généralement silencieuse aurait pu lui raconter de remarquables histoires sur sa vie en Afrique et ses voyages vers le continent noir. Une dizaine de jours en bateau, de Hambourg à Accra. Descente, au large de la ville, dans un canot propulsé vers la plage grâce aux bras musclés de six ou huit rameurs noirs pour ainsi dire nus, descendre une échelle en corde, sauter tant bien que mal dans les bras d'un de ces rameurs, et puis, oui-da ! Vogue la galère à travers les vagues gigantesques ! — huit mètres parfois — pour aller embrasser son futur époux !

Celui-ci, petit et trapu lui aussi d'après une vieille photo écornée, l'avait épousée après le décès de Frieda, sa première femme qui lui avait donné deux filles et que Hanna, sœur de Frieda, allait remplacer. Le fait qu'elle ait par la suite mis huit enfants de plus au monde permettrait de conclure que le couple était plutôt porté sur la bagatelle sans en craindre les conséquences.

Élever des enfants, ça a dû être facile pour les colonisateurs de ce temps ; même les missionnaires antiesclavagistes avaient des domestiques, y compris des bonnes d'enfants. Theo avait-t-il pris le sein blanc de sa mère ou celui d'une nourrice noire ? Il n'en dit rien dans son roman *Kwabla,* publié en 1919, roman qui conte sa jeunesse. Dix enfants en tout, ça semble énorme, avec ou sans nourrice. Mais ça s'explique : on craignait la chaleur pour les enfants des Blancs et tout enfant de missionnaire luthérien était à l'époque rapatrié en Europe pour s'y voir confié à d'autres membres de la famille avant de devenir, à l'âge de six ou sept ans, interne dans les écoles de la Mission luthérienne de Bâle. Le bambin partait, un autre, plus jeune, prenait sa place, un autre se développait déjà dans le ventre maternel fertile. Leurs dix enfants, dont sept ont survécu, ont passé par ces pieuses institutions suisses, sans compter les deux que Hanna et Heinrich avaient jugé bon d'adopter.

Il fallait de l'argent de poche à ces enfants? Les grossesses de Hanna ne l'empêchaient pas de choisir dans la richesse de la vermine africaine des créatures intéressantes qu'elle tuait puis envoyait à ses rejetons pour qu'ils les vendent à leurs professeurs de sciences. Audacieuse, elle allait dans les marais, forêts vierges et montagnes attraper des lézards et serpents qu'elle préservait, comme elle l'avait appris par ses lectures, dans des bocaux de formol avant de les expédier dans des caisses à ses fils qui, assistés de leurs enseignants, en faisaient le commerce. On dit dans la famille que le Musée national, à Budapest, acquit quelques-uns de ces spécimens, victimes de l'entreprenante femme de missionnaire.

Sans doute Marguerite aurait adoré ce genre d'histoire, elle aurait dans sa tête ajouté détail sur détail, ou alors posé des questions innombrables, mais cette grand-mère, qui aimait l'action, accordait de toute évidence peu d'attention à la communication. Dommage. Heureusement que Theo possédait un talent de conteur. Avant que Marguerite n'apprenne que c'est dans les livres qu'on trouve les histoires, avant qu'elle ne grandisse et se lance dans ses propres aventures, elle suivait la voix paternelle vers d'autres pays et les étranges péripéties de ses grands-parents.

Le missionnaire

Elle ne connaissait pas non plus le mari de Hanna, mort si longtemps avant qu'elle ne naisse. L'inconnu faisait partie de l'immense répertoire d'histoires de Theo, dans lequel elle choisissait ce qu'elle voulait entendre.

Heinrich Bohner était né en 1842 à Feil, petit village du Palatinat, pour vivre une vie remplie de lectures bibliques, d'hymnes pieux, de fêtes religieuses et de dimanches passés essentiellement dans de modestes églises paroissiales. Jeune, ce grand-père boiteux depuis un accident d'enfance, s'était fait cordonnier, tout en nourrissant l'ambition de devenir missionnaire.

Hélas, la Basler Missionsgesellschaft luthérienne, à qui il avait offert ses services, l'avait tout d'abord envoyé en Afrique pour apprendre aux Noirs à se faire des souliers ou au moins des pantoufles — les Noirs refusant d'enfermer leurs pieds dans des chaussures étroites. Il avait donc ouvert un atelier de cordonnier à Accra, tout près du port, dans un bâtiment dont la cave avait autrefois servi de dortoir à des esclaves en route pour l'Amérique.

Assis dans son échoppe aux fenêtres grillagées, le grand-père devint un fervent antiesclavagiste ; c'est avec ses apprentis qu'il apprit les langues de leur pays, en publia des grammaires et comprit la triste histoire de ces hommes.

Il lisait aussi, étudiait les livres que l'on imposait à cet aspirant missionnaire qui réussissait à tous les examens, jusqu'à ce qu'on lui accorde le diplôme faisant de lui un vrai pasteur et théologien.

Entre-temps, un ver de Guinée s'était installé dans la jambe infirme et comme il n'y avait pas de médecin dans les environs, ses apprentis trouvèrent un sorcier de village prêt à enlever la bestiole à l'aide d'un vieux couteau. Heinrich y réfléchit, puis décida de ne pas faire appel à ce guérisseur.

Devant cette histoire, Marguerite resta muette, ayant du mal à imaginer un homme de Dieu à la jambe boiteuse habitée par un ver africain qu'il refusait de faire enlever par quelqu'un qui avait fait un pacte avec un diable.

— C'est quoi, un diable ?

Theo, qui ne croit pas en Dieu et moins encore au diable, a du mal à se sortir de cette impasse.

— Je ne crois pas que ça existe, les diables, dit-il piteusement.

— Mais ton père…

— Mon père savait beaucoup de choses. Il a écrit des livres, il est devenu le directeur de la Mission camerounaise, il y a fait construire cent écoles pour les enfants des Noirs.

— Mais il croyait au Diable.

— Il s'est trompé. Ça arrive à tout le monde. Mais il n'a fait de mal à personne.

Marguerite s'endort en pensant qu'on peut se tromper tant qu'on ne fait pas de mal aux autres. Leçon difficile. Surtout quand on ne sait pas encore ce que c'est, le mal.

Quant à Theo, il pense au livre qu'il projette d'écrire sur ce *cordonnier du bon Dieu* et ses dix enfants. Trois sont morts au Ghana et au Cameroun. Quatre fils ont acquis des doctorats en sciences humaines, puis trois sont allés vivre au Japon, à Osaka, alors que lui, le fils aîné, a préféré Rome où il a vécu jusqu'au mois de septembre 1915. Les trois filles ? Aucune ne s'est mariée. Des infirmières, des institutrices. Aucune n'a voulu vivre de grandes aventures. Étrange. Drôle de famille.

Les autres grands-parents

À BERLIN, il y avait les parents de Martha qui vivaient dans un vaste appartement auquel on arrivait par un petit ascenseur grillagé. Reinhold et Alla Amanda Seeberg. Lui, bel homme, savant, théologien, en 1918 recteur de la Friedrich-Wilhelms-Universität, qui allait devenir en 1948 la Humboldt Universität.

Alla Amanda, imposante quoiqu'un peu grassouillette. Du moins, c'est ainsi que le portraitiste allemand Franz Triebsch les a peints, grandeur nature ; l'homme, debout, dans sa toge noire et pourpre des grandes cérémonies universitaires, elle, chevelure touffue, assise à une table ronde, un livre ouvert devant elle, un stylo à la main. Elle porte un *Reformkleid* lui tombant directement des épaules sur les pieds, vêtement confortable répandu depuis 1850 dans le monde occidental pour des raisons de santé et d'émancipation, corsets et soutiens-gorges ayant été déclarés dangereux pour le corps féminin par des médecins d'avant-garde.

Se sentait-elle opprimée par le beau et brillant professeur ? A-t-elle assisté en septembre 1896 au Congrès international des femmes, à Berlin ? Aurait-elle une année plus tard assisté à un défilé de mode présentant les modèles de trente-cinq couturiers, avocats de la mode nouvelle, tels que Chanel ? Jamais personne n'en a parlé à Marguerite.

L'enfant trouvait cette dame menaçante. Eva et Christa riaient du dentier que leur grand-mère gardait dans un verre d'eau posé sur son bureau. Bien sûr, elle mettait l'appareil dans sa bouche quand elle voyait arriver des visiteurs, mais Marguerite avait toujours peur qu'il lui tombe de la bouche, par terre peut-être où, par politesse, en petite fille bien élevée, elle devrait le ramasser et le lui tendre. Une telle intimité lui semblait odieuse.

Après une courte entrevue avec la dame sans dents, on l'envoyait dans l'immense bibliothèque de son grand-père. Elle avait le droit de jouer un petit moment à cache-cache entre les rayons de livres et elle était fière de voir sur le bureau du grand homme, juste en face de lui, le cendrier en bronze, à figure de chat, qu'elle lui avait offert un 24 décembre, à la sortie de l'église, la célèbre Kaiser-Wilhelm-Gedächtnis Kirche, après son sermon.

Il ne lui en voulait donc pas, de cette histoire qu'elle avait faite un an plus tôt, à Noël aussi, quand elle avait voulu lui offrir le portrait d'un chat brodé sur une carte blanche. Quel travail cela avait été : enfiler le fil à broder bleu dans une aiguille à pointe arrondie, puis passer le fil à travers tous ces petits trous, jusqu'au résultat final, un chat bleu. Elle en avait été si fière. Mais lui s'était mis à la taquiner :

— Ah ! un chat... Une chatte peut-être ? Une petite demoiselle Bohner comme toi ?

Où voulait-il en venir ?

— Ou bien est-ce qu'on donne chez vous de bien plus jolis noms aux chats ? Comme Seeberg, peut-être ?

Déjà elle en avait les larmes aux yeux. Elle aimait le nom Bohner, qui était celui de ses parents, de ses sœurs et le sien. Elle aimait aussi le nom de ses grands-parents,

Seeberg. Et tant pis si Bohner faisait penser aux haricots[2], à leurs échalas et de là aux gens grands et maigres, tandis que le nom Seeberg parlait de lacs et de montagnes.

— Tu peux l'appeler comme tu veux, Opapa, mais il faut que je te le dise, Seeberg n'est pas plus beau que Bohner.

Elle éclata en larmes mais réussit à ajouter :

— C'est mon père qui me l'a dit.

Elle avait fini son discours. Son grand-père riait :

— Voyons donc cette oratrice !

Elle ne comprenait pas. Mais elle comptait se défendre :

— Le chat bleu n'est pas vraiment pour toi. Je l'ai fait pour Omama.

Elle tendit la main, voulait reprendre le chef-d'œuvre. Crac ! Maintenant ils en avaient un morceau chacun. Amèrement déçue, elle se mit à hurler devant ce grand-père ingrat, le chat si cruellement déchiré...

Pourquoi sa mère avait-elle insisté pour qu'elle fasse ce travail ?

— La plupart des hommes aiment les chiens. Ton grand-père préfère les chats.

C'est ainsi qu'elle l'avait convaincue.

À la visite suivante, Opapa lui fit cadeau d'une écharpe en laine angora rose. L'écharpe était douce au premier abord, puis elle commença à piquer. On déclara Marguerite allergique aux chats et elle ne mit plus jamais l'écharpe rose.

---

2 - Bohne, en allemand, signifie haricot.

Les enterrements

LE CORPS DE LA GRAND-MÈRE MATERNELLE, morte d'un cancer de l'estomac, a été incinéré en 1933, au crématorium de Berlin-Wilmersdorf. Marguerite assista à la cérémonie religieuse précédant la crémation mais n'écouta aucun des discours, hymnes ou prières. Elle était en train d'imaginer ce qui arriverait à l'aïeule, son imagination devenant plus intense lorsque la trappe s'est ouverte et que le catafalque est descendu dans les profondeurs de l'établissement.

D'où lui venaient ces images infernales d'hommes, torses nus et bras musclés, s'emparant de la défunte pour la lancer dans une grotte où le feu rageait ? Qu'avait-elle lu, que lui avaient dit ses sœurs ou ses cousins plus âgés, pourquoi aucun adulte n'avait-il pris le temps de lui expliquer la chose ? À l'âge de 84 ans, elle est encore capable de se rappeler le drame.

Par contre, elle ne sait rien des lieux de repos éternels de Heinrich et de Hanna. Et elle était loin de ses parents quand ceux-ci sont morts, ont été incinérés et inhumés, le père à Berlin, la mère à Cologne ; ils continuent de vivre dans sa pensée.

Le grand-père Seeberg mourra en octobre 1935, à Ahrenshoop sur la mer Baltique, où il sera, en présence de nombreux dignitaires du régime nazi, enterré à côté des cendres de sa femme. Theo et les trois filles étaient restés à Berlin, à attendre que Martha revienne leur parler des derniers jours de son père. La petite Marguerite s'est longtemps rappelé l'aïeul à la fois agaçant et fin. Aujourd'hui, quelques coupures de journaux gardées dans une boîte en carton marquée « Famille » relatent les événements de cet enterrement.

Les enfants aveugles

LA FAMILLE DÉMÉNAGE, le père a eu une promotion. Il ne sera plus directeur du lycée Victoria, il sera inspecteur d'Académie ; Marguerite ne sait pas ce que cela veut dire, ni ce que c'est qu'une « promotion ». Ils habiteront Berlin, la capitale du pays.

Pour lui éviter l'agitation du déménagement, Martha confie la petite à une institution pour enfants, gérée par la Innere Mission de l'Église luthérienne. Elle y croit, à cet organisme de bienfaisance dont son père est un des fondateurs. Une semaine, ce n'est pas beaucoup, dit-elle. Tu vas voir, tu rencontreras des enfants…

Elle ignorait certainement qu'un groupe d'enfants aveugles y serait logé la même semaine. D'ailleurs Theo vint tout de suite chercher la petite. Il avait suffi de lui téléphoner.

Larmes, cris, vomissements d'horreur. Marguerite secoue les barreaux du lit dans lequel on l'a mise de peur qu'elle se fasse mal, une dame essaie de l'y attacher, jamais on ne lui a fait violence comme ça, la dame a peur que l'enfant se jette hors de cette cage, qu'elle se sauve. Autour de Marguerite, d'autres enfants pleurent, sanglotent, il y en a qui portent des lunettes spéciales en fer, ou en cuir, qu'en sait-elle, ça ressemble à des lunettes d'aviateur, comme celles du cousin de sa mère, un pilote d'essai. Ici, ce sont seulement des enfants qui d'ailleurs n'y voient rien, mais rien c'est quoi ? Et où sommes-nous ? Ils ne le savent pas, Marguerite ne le sait pas, elle a peur, elle veut sa mère, son père, elle mord la gentille dame habillée de blanc qui essaie de la raisonner, elle ne veut pas qu'elle lui parle, non, elle ne mangera rien ici, laissez-moi tranquille avec cette limonade, elle me rend malade, voilà, les pâtes, la limonade et tout le vomi par terre, la couverture par-dessus, les draps, l'oreiller, Marguerite qui n'a que quatre ans n'en peut plus de pleurer… Je veux mon lit à moi, hurle-t-elle, je veux…

Le père arrive, il la prend dans ses bras, la porte vers une voiture, lui parle doucement, s'assoit avec elle sur la banquette arrière, la berce. Le chauffeur lui sourit, elle détourne la tête, elle ne veut rencontrer personne.

Cette nuit-là, dans le nouvel appartement à Berlin, le père place le lit de l'enfant dans sa chambre à lui, elle y dort comme au paradis.

Le singe et le couteau

TROIS FILLES ET UN HOMME au jardin zoologique de Berlin. Idéal pour les animaux, dit le prospectus, cet environnement presque naturel… Theo a des doutes mais n'en parle pas, après tout, les enfants apprendront peut-être quelques détails sur l'une ou l'autre de ces bêtes. Et le spectacle des phoques attrapant les harengs que leur lancent les gardiens les amuse toujours, même Eva.

Marguerite demande pourquoi le gros lion ne veut pas se réveiller.

— Allons voir les singes, suggère Christa, ils sont plus drôles et on a le droit de leur donner des cacahouètes.

Dans le bâtiment des singes, le bruit règne, la puanteur aussi. Voilà la cage des chimpanzés. Les gros semblent vouloir se reposer, une femelle cherche de ses doigts les poux sur la tête de son bébé, les croque d'un air satisfait. Plus actifs, les jeunes grimpent sur de lisses branches d'arbre sans écorce, sautent, crient, un tout petit roule en bicyclette, un assez gros se tient debout sur une balançoire qu'il sait très bien activer de ses jambes arquées, véritable spectacle d'acrobatie.

Le père sort une pomme d'une de ses poches, la tient dans sa main gauche. Dans l'autre il a son beau petit canif au manche incrusté d'argent et de nacre. Attirés par les reflets des lumières électriques sur la lame en acier inoxydable, les singes approchent, observent avec curiosité ce bonhomme découpant une pomme. Vite, ils attrapent de leurs mains qui ressemblent si étrangement aux nôtres les morceaux qu'il leur lance.

Un petit malin particulièrement énergique passe le bras entre les barreaux de la cage. Va-t-il tout simplement se servir ? D'un geste rapide, il saisit le couteau, et plus rapide encore grimpe le long des branches. Arrivé en haut, il s'assoit, jette un regard moqueur sur la foule, on dirait qu'il rit. Un autre singe s'approche et bientôt toute une bande se dispute avec enthousiasme l'objet volé.

Alarmé par le tohu-bohu, un gardien accourt, la chasse au couteau ouvert devient encore plus intéressante. Eva a honte de son père si maladroit, ses deux sœurs rient comme les autres enfants attroupés devant la cage. Bien entendu, ils sont pour les singes et non pas pour le gardien. Ils crient bravo lorsque l'heureux voleur réussit à éviter tout le monde.

Theo s'essuie le front d'un grand mouchoir blanc, jamais Marguerite n'a vu son père aussi affolé, des gouttes brillantes coulent sur son visage empourpré. Le singe agite de nouveau le couteau, de toute évidence un peu trop, car l'instrument tombe par terre, les singes et le gardien se jettent dessus, pêle-mêle. Finalement, le gardien réussit à s'en emparer, alors que la meute de singes court déjà prendre les cacahouètes que des visiteurs leur lancent. Il n'y a pas eu de sang, heureusement, dit le père en remerciant le gardien qui le regarde avec sévérité. Va-t-il devoir payer une amende ? Mais nous sommes en 1929, des épisodes de ce genre se terminent encore par l'offre d'un billet de banque ; le gardien rend le couteau à ce bourgeois qui, penaud, doit constater qu'un morceau de nacre manquera dorénavant sur un côté du beau canif et lui rappellera toujours son propre manque de sagesse.

Haus Vaterland

Très tôt, Marguerite a perdu — si jamais elle l'avait eue — la peur des orages. Elle a à peine cinq ans quand ses parents l'emmènent dans le célèbre Haus Vaterland du Potsdamer Platz, gigantesque édifice de six étages, avec douze restaurants, un immense café et un cinéma. En tout 8 000 sièges. Ces chiffres impressionnants, récités par son père à sa mère, n'intéressent pas l'enfant. Elle n'a jamais été dans un cinéma et ne peut pas imaginer autant de sièges. Dans la salle à manger, chez eux, il y a huit chaises autour de la belle table en acajou à surface de marbre blanc — marbre de Carrare dit le père en roulant longuement les *r* — puis quand il y a des invités, on ajoute des rallonges en bois et des chaises de plus. Mais huit mille…

Voici le restaurant appelé la Rheinterrasse, une table toute proche d'un décor en trompe-l'œil représentant un paysage rhénan avec vue sur un château fort et le rocher de Lorelei. Le Rhin, les châteaux forts, la belle Lorelei aux cheveux blonds, elle connaît tout cela, elle a vu des images dans des livres, écouté des légendes. Là, à table, dans ce beau restaurant, elle constate que le rocher est vide, veut savoir pourquoi. Gentiment, un garçon dans un bel habit noir lui explique qu'il va y avoir un orage et que Lorelei s'est mise à l'abri.

Toutes les heures, on baisse les lumières dans ce restaurant et l'orage s'en vient. Le tonnerre gronde au loin, le ciel bleu du décor se couvre, s'assombrit de plus en plus, des coups de tonnerre se suivent, un éclair semble déchirer le ciel — Marguerite se retrouve vite sur les genoux de sa mère — il commence à pleuvoir, voilà un autre éclair, en même temps qu'un coup de tonnerre très fort, la pluie s'intensifie, devient torrentielle, mais où va toute cette eau, heureusement que Lorelei est à l'abri, que des panneaux de verre protègent le public. Puis, le calme revient, la pluie cesse, le soleil réapparaît comme si rien ne s'était passé.

Marguerite insiste pour qu'on lui commande un autre jus de pomme, ce que son père trouve extravagant, ainsi qu'une deuxième saucisse de Francfort avec encore un peu de salade de pommes de terre. Elle attend de voir revenir Lorelei, elle veut admirer le spectacle une deuxième fois, elle ne consent à partir que lorsque le garçon lui explique que le temps est trop orageux pour que Lorelei mette les pieds dehors et grimpe sur son rocher. Theo ajoute que l'absence de la belle sirène donne aux pêcheurs l'occasion de passer le rocher sans danger, explication qui perturbe Marguerite puisque ces hommes sont, eux aussi, invisibles.

— Critique, cette enfant, dit-il à Martha.

— C'est ta faute, répond-elle, tu n'aurais pas dû parler du dilemme des pêcheurs.

Marguerite se rend compte que ses parents en ont assez de discuter du spectacle de la Rheinterrasse, s'abstient de se faire expliquer le mot dilemme.

En tout cas, depuis cette après-midi-là, elle aime les spectacles qu'offrent les orages.

Déjeuner au Reichstag

ELLE PORTE SON COSTUME MARIN, blanc, jupe plissée, chaussettes blanches, sandales. Theo l'emmène déjeuner au Reichstag. Ma lui avait mis un nœud de satin blanc dans ses cheveux bruns, coupés courts, mais dès qu'ils avaient été dans la rue, il le lui avait enlevé. T'as pas besoin de ça, lui avait-il dit, t'es pas un papillon. Elle s'était sentie libérée de l'obligation de tenir sa tête tranquille pour que l'ornement ne se retrouve par terre.

L'odeur dans le grand hall d'entrée lui rappelait celle du bureau de son père, des bibliothèques aussi, bref de tous ces lieux où les hommes fumaient sans devoir en demander la permission aux femmes. Marguerite ne savait pas si elle aimait ou si elle détestait cette odeur. À la maison, Theo ne fumait ni dans le salon, ni dans la salle à manger.

Il y a une salle pour écrire, une pour lire et une autre, grande, celle-là, avec 397 sièges, pour les discussions et les votes. Theo explique :

— Si M. Lustig veut que les chiens soient admis dans cette salle et M. Ernst ne le veut pas, on discute et puis on vote soit pour les chiens, soit contre les chiens. Si les contres sont plus nombreux que les pours...

— Il n'y aura pas de chien. J'ai compris. C'est pareil à la garderie.

— C'est ce qu'on appelle la démocratie.

— J'ai faim, Theo.

Dans la grande salle à manger du Reichstag, la blancheur des assiettes en porcelaine, des nappes, des serviettes et des longs tabliers des garçons permet de penser que les plats argentés dans lesquels ils apportent ce que les gens ont commandé contiennent des choses qu'il fera bon manger. Est-ce qu'elle aura droit à une saucisse de Francfort avec un peu de salade de pommes de terre légèrement assaisonnée, jaune et luisante, comme il y en a dans d'autres restaurants? Ou bien sera-t-elle obligée de goûter à des choses inconnues? En tout cas, elle demanderait un verre de jus de pommes. Que tous ces hommes qu'elle voit boivent leur verre de vin ou de bière, elle préfère le jus doré qui miroitera pour elle dans un verre bien rond sur un pied vert comme un pré.

Elle fait son *Knicks,* sa révérence, à Mme Lüders et Mme von Zahn-Harnack sans pour le moment demander d'explication au sujet de la dent (*Zahn,* en allemand) de la plus jeune des deux femmes, et donne la main à un M. Einstein ayant décidément besoin de se faire couper les cheveux.

Assise à une table pour deux personnes avec son père, elle attend que son plat favori soit commandé — Non, elle ne veut pas de cette soupe aux lentilles que Theo lui recommande — avant de s'enquérir pourquoi les plafonds sont hauts comme dans les églises, les portes, assez hautes pour laisser passer des géants. Les vagues réponses de son père, qui parle de Haute Renaissance italienne, ne satisfont pas vraiment sa curiosité, Theo finit par admettre qu'au fond il ne le sait pas, qu'il aurait fallu poser la question à l'architecte, un M. Wallot, mais que celui-ci est mort depuis longtemps et ne pourra donc pas y répondre.

∽

Peu importe d'ailleurs, bientôt le Reichstag sera détruit par les flammes.

Braunlage

— C'EST ÇA, LE KINDERHEIM ?

Theo se sent mal. En effet, ils se trouvent devant cette grande maison qui, à Braunlage, dans les montagnes du Harz, accueille les enfants qui ont du mal à respirer dans les grandes villes. Ici, à 600 m d'altitude, l'anémie et les bronchites constantes de Marguerite vont peut-être disparaître, du moins c'est ce que le médecin espère.

— Oui.

Dans le train, elle n'a pas été malade alors que d'habitude, tous les voyages, que ce soit en tramway, métro, voiture ou train, provoquent des crises de vomissements pitoyables et embarrassantes.

— Alors, tu peux t'en aller.

Six ans et elle lui donne des ordres…

Comment va-t-il la laisser ici ? Comment va-t-il vivre sans les conversations avec cet enfant ? Comment va-t-il pouvoir écrire le soir sans entendre la respiration de sa fille, venant de la chambre paternelle où elle dort parfois ?

— J'y vais. Salut, Papa.

La voilà qui ouvre la porte, monte le sentier menant à l'entrée du sanatorium. On entend la sonnette, la porte s'ouvre, Marguerite disparaît.

Plus tard, lorsqu'il s'agira de présenter sa troisième fille quelque part, Theo se plaira à raconter cette anecdote, preuve de la venue à l'indépendance d'une enfant sans peur.

Bien sûr, ce jour-là il l'a suivie, a discuté avec les dames Wetzel, dirigeantes de l'établissement qu'il a visité de fond en comble, pendant que Marguerite se faisait déjà des amis. Le lendemain, il l'a inscrite à l'école de la petite ville, a causé avec Monsieur Rhitus, l'instituteur avec qui il aura une correspondance régulière pour rester au courant de ce qui arrivera à sa fille.

Braunlage encore

LES SIESTES : l'été elles se font sur des chaises longues dans la forêt derrière le Kinderheim, l'hiver, sur la véranda couverte mais sans vitres, toujours sur des chaises longues mais sous de grosses couvertures en laine.

Les exercices respiratoires : séances individuelles de gymnastique, avec Gertrude Wetzel, se concentrant sur une respiration calme et régulière, des mouvements renforçant le sens de l'équilibre.

Le jardin : billes, cache-cache, marelle, carré de sable, corde à sauter...

La salle de jeux : dominos, théâtre, livres, planches à dessiner...

Collines : le ski, oh, le ski.

L'école publique : trois enfants, deux garçons et une fille, qui passent toute l'année au sanatorium Wetzel, font tout seuls le chemin de cinq minutes. En route, ils se créent des défis : s'arrêter au pont qui franchit la petite rivière, s'asseoir sur la muraille en haut de l'eau, enlever souliers et chaussettes, trouver le courage de sauter ; Marguerite examine prudemment la chose, laisse sauter ses deux camarades, puis saute, elle aussi. Les égratignures aux genoux seront à expliquer aux adultes. Ou alors voler quelques poires dans les arbres du pâtissier qui en fait de si délicieuses tartelettes. Marguerite se rappelle un renseignement paternel datant des excursions qu'elle faisait avec lui : tout fruit accroché à une branche surplombant le trottoir appartient au public, donc à celui qui passe par là. Le pâtissier aurait le droit de se fâcher si jamais il s'apercevait du crime qui n'en est pas un, mais il ne pourrait les faire punir.

De temps à autre, Ma vient rendre visite à sa benjamine. Seule ou avec Eva et Christa. Une fois, dans un moment de mécontentement, Marguerite s'échappe de la maison Wetzel, trouve la pension où sa mère a pris une chambre, déclare vouloir rentrer à Berlin.

Ne vaudrait-il pas mieux attendre la fin de l'année scolaire ? Veut-elle se retrouver dans une nouvelle école ? En effet, elle n'a pas envie de quitter ses camarades, elle aime sa mère, oui, mais elle adore vivre en compagnie des autres enfants.

Elle se calme, surtout qu'elle a le droit de passer toute la journée avec sa mère.

La varicelle : Karlheinz et Marguerite en sont atteints, de nombreuses papules leur poussent sur le dos et les fesses. Puisque c'est l'été, on couche les deux enfants au soleil, sur la véranda supérieure, sans toit, le derrière nu pour dessécher ces éruptions. Une complicité légèrement érotique les unit sans qu'ils aient les mots pour l'exprimer.

Le mensonge : le samedi après-midi, c'est le grand nettoyage des corps dans l'immense salle de bains, garçons et filles, tout le monde ensemble. Des douches, des bains de pieds dans de grandes bassines en bois, ça sent bon le savon de Marseille, les cheveux sont lavés, les ongles coupés, les oreilles curées. C'est aussi le soir des grandes questions au sujet de la digestion. As-tu été à la selle ? Aujourd'hui ?

Hier? Avant-hier? La première fois que la question lui est posée, Marguerite ne comprend pas, jamais personne ne lui a parlé de selles, elle pense qu'il doit s'agir d'une activité interdite, répond donc que non. Résultat, on lui explique la nécessité de l'évacuation quotidienne, lui demande de s'étendre sur une table, lui fait un lavement en exigeant de garder l'eau à l'intérieur pendant une minute ou deux. Horreur. Dorénavant, selles expulsées ou non, Marguerite répondra oui. C'est ainsi qu'elle apprend à mentir dans cet établissement voué à la santé physique.

La sieste interrompue

C'EST LE MOIS DE MAI 1933, l'heure de la sieste. Les enfants dorment tranquillement en respirant l'air doux de la forêt. Mais voilà qu'on les réveille : *Der Führer kommt! Der Führer kommt!* Le *Führer* s'en vient ! Les monitrices chantent le message apparemment glorieux, courent avec les enfants jusqu'à la route principale de la petite ville, attendent avec eux que la grande Mercedes noire arrive, un homme s'y tient debout, le *Führer*, le bras droit tendu, oui, c'est lui, *Heil! Heil!* La population s'excite, les bras droits se lèvent, tout le monde agite des drapeaux à la croix gammée... Marguerite se demande où elle en a déjà vu... Peu importe, il faut hurler *Heil! Heil! Heil Hitler!* même si l'on ne sait pas ce que cela veut dire, il faut sauter sur ses pieds pour mieux y voir. Mais déjà l'homme s'assoit, la voiture reprend de la vitesse... Et c'est tout.

Peu de temps après, Theo ramène Marguerite à Berlin.

Les mirabelles

L'ENFANT OBSERVE. La table est grande, la nappe, blanche. On ne voudrait rien y faire tomber. Pour le moment, il s'agit de soupe, une soupe claire d'un jaune doré dans laquelle nagent quelques morceaux de légumes, carottes, navets, petits pois, de tout petits bouts de persil. Elle est très chaude, mais enfin, c'est comme ça que l'on mange la soupe.

Les mains du vieux monsieur tremblent. Elles sont belles, ces mains, blanches, aux doigts longs. Elles tremblent quand le vieux monsieur soulève le coude pour approcher la cuiller en argent de sa bouche. La soupe y oscille, va-t-elle regagner l'équilibre ? L'enfant attend. Elle a envie de dire à son grand-père que s'il se penchait vers la main au lieu de la lever… Mais comment pourrait-elle, petite fille de dix ans, suggérer à cet homme imposant une façon de manger si peu convenable ?

Le grand-père est beau. Il a les cheveux très blancs, les yeux aussi bleus que les gentianes des Alpes suisses. Par-dessus sa chemise blanche habituelle, il porte ce soir une veste de laine tricotée, à manches longues. L'été va à sa fin. Le bruit de la mer Baltique parvient par la fenêtre ouverte aux oreilles de l'enfant. Elle s'en régale.

— Qu'as-tu fait aujourd'hui, demande le grand-père de sa belle voix de pasteur.

— J'ai cherché de l'ambre.

— Il y avait du monde sur la plage?

— Je t'ai vu, assis dans les dunes. Tu avais ta canne.

Quand même, il avait voulu se rassurer. Une fille de neuf ans…

— Et j'ai vu Mme Wegscheider avec son fils qui prenait des photos.

— Tu as trouvé de l'ambre?

— Non. Je continuerai demain.

Elle ne lui dit pas qu'elle est allée au cimetière voir la tombe de sa grand-mère morte il y a un an. Elle ne veut pas chagriner cet homme qui depuis l'histoire du chat bleu ne la taquine plus.

Frau Spiegel, la gouvernante, apporte le plat suivant: des pommes vapeur, une salade de concombre coupé fin, des filets de morue au citron. Elle a dû se lever tôt ce matin, aller à la plage attendre le retour des pêcheurs pour leur acheter le poisson de la journée.

C'est très bon tout cela, se dit l'enfant. Sa mère lui a expliqué que le grand-père fait du diabète, elle a remplacé le mot savant par un mot allemand, *die Zuckerkrankheit*. Comment le sucre peut-il être une maladie? Mais l'enfant a compris que c'est à cause du mal mystérieux qu'il n'y a jamais de dessert dans cette maison. Dommage. Elle aime les desserts.

Pourquoi l'a-t-on confiée à ce vieux monsieur peu bavard qui ne peut pas en prendre? Elle est trop petite, ont-ils dit, elle ne comprendra rien à Venise. Elle nous empêchera… Puis, ils sont partis, ses parents et ses sœurs, sans même pleurer.

— J'ai vu que les mirabelles sont mûres, lui dit-il à la fin du repas, vas-y, manges-en autant que tu veux.

Déjà elle court cueillir de ces fruits qu'elle mange en cachette depuis son arrivée, il y a une semaine. Le savait-il ?

Le soir, dans son lit, elle se dit qu'elle aimerait savoir ce qu'il pense, ce grand-père, et ce qu'il pense d'elle en particulier. Osera-t-elle le lui demander ? À la fin de son séjour, peut-être.

Les filets

C'EST POUR DES RAISONS BIEN PRÉCISES que Marguerite préfère la pêche aux crevettes de la mer Baltique à la chasse aux papillons. Ce n'est pas parce que la première se fait les pieds dans l'eau de la mer et l'autre en courant à travers les prés, non, c'est plutôt parce qu'elle n'aime pas ce qu'il faut faire aux lépidoptères après les avoir attrapés : les sortir sans les écraser ou les endommager du filet dans lequel ils s'agitent. Ils laissent une sorte de poudre sur les doigts de leur adversaire, c'est une poudre un peu collante, on a envie de secouer les mains pour s'en débarrasser, mais en même temps on a peur de faire mal à ces bêtes fragiles, tiens, on va tenir le filet grand ouvert, qu'ils s'envolent donc, c'est vrai qu'ils sont beaux à regarder, blancs, jaunes, rouges et bruns. Mais que peut-on en faire ? À la fin il faut les tuer, les garder dans des boîtes, les épingler sur une feuille de carton et les accrocher dans sa chambre. Dire qu'il y a des enfants qui dorment dans des chambres ornées de cadavres de papillons...

La pêche aux crevettes, par contre, c'est une chose utile. Frau Spiegel est ravie quand on les lui apporte dans un seau de plage rempli d'eau, avec un peu de sable au fond. Pour les attraper il faut faire avancer le filet muni d'une lame en bois sous le sable, doucement… Le sable ne reste pas dans le filet que l'on retourne tout simplement pour faire tomber les toutes petites crevettes grises dans le seau. Il en faut une centaine ou même plus. Le grand-père les aime, vante celle qui les a attrapées. Frau Spiegel les fait cuire très rapidement dans de l'eau, elles en sortent toutes roses, puis on les épluche et on les mange sur des petits pains beurrés avec un tout petit peu de poivre. C'est délicieux et il paraît que c'est bon pour la santé.

En tout cas, c'est bien mieux que les cadavres encadrés.

La forêt aux muguets

— ÇA Y EST, dit M. Paschke, le marchand de légumes avec qui Marguerite a fait ce voyage, voilà ta forêt.

Ils ne sont pas très loin du village, sur la route qui mène vers la grande forêt, le Darss, où, dit-on, il y a des élans que Marguerite n'aimerait pas rencontrer de peur de se faire piétiner. Et il y a aussi le chalet de chasse en bois rond de Hermann Göring que Ma a qualifié l'autre jour de gros fanfaron dangereux.

Du haut de la charrette Marguerite voit à gauche les dunes, derrière elles la mer Baltique, bleue sous le soleil du printemps. Calme. De l'autre côté, un étroit petit chemin de sable blanc mène à travers le pré aux vaches vers la petite forêt aux noms divers : forêt aux hérons, aux rossignols, aux moustiques et aux muguets.

Certes, elle n'y va pas pour les hérons. Elle ne les aime pas, ces grands oiseaux. Elle ne les trouve pas beaux avec leurs longs cous grêles en S et leurs becs pointus. Elle ne veut pas savoir où sont leurs nids, ça ne l'intéresse pas.

— T'as mis une chemise à manches longues, c'est bien. Le short… Enfin, tu ne vas pas y rester longtemps.

— Il me faut un gros bouquet…

— Je sais. Toutes les filles en cueillent…

En effet dans cette forêt les muguets poussent innombrables comme de mauvaises herbes. Il n'y a pas de fleuriste au village et les muguets arrivent juste au bon moment, la semaine de la fête des mères. Pour en avoir, il faut braver les moustiques nombreux au printemps dans cette forêt située sur une bande de terre entre la vraie mer et le *Bodden,* la mer intérieure.

— Si je te vois, au retour, dans une heure à peu près...

— Merci, Monsieur Paschke, ça va aller. Je rentrerai peut-être avec les vaches.

— Et le vacher qui joue de la trompette.

— Il joue faux. Mais ça ne fait rien. Les vaches aiment sa musique.

Une des vaches meugle. De loin, des huppés semblent lui répondre. Un coucou s'en mêle. À savoir ce qu'ils se disent.

— Alors, au revoir, la petite.

La voilà à la lisière de la forêt. De leur vert tendre, les bouleaux dominent les autres verts, les chênes y mettent un peu de gris, jamais elle n'a vu autant de variations d'une seule couleur. Elle plonge dans le vert, comme elle plonge dans le bleu gris de la Baltique, sauf qu'il n'y a personne pour la surveiller dans ce bois mystérieusement calme.

C'est ainsi que Marguerite imagine les églises — que sa famille ne visite que rarement, à Noël ou peut-être à Pâques, et, le reste du temps, comme de beaux monuments architecturaux. Les couronnes des arbres au-dessus d'elle font un dôme, le soleil tombe à travers le feuillage, la lumière est belle comme celle dans la chapelle aux vitraux multicolores qu'elle a visitée avec son père dans les Alpes, l'an passé.

À savoir pourquoi les muguets ont choisi cette forêt comme quartier général. Elle est parcourue de petits ruisseaux, de centaines de petits ruisseaux, le sol est trempé, les pieds de Marguerite s'y enfoncent, ses chaussures se remplissent d'eau noire, elle se sent perdue. Elle a dû se tromper de chemin, l'autre jour, quand la fille du fermier lui a montré le bosquet de muguets à peine éclos, ce n'était pas comme ça. Elle se souvient, c'était à côté d'une haie de mûriers.

Il va falloir les franchir, ces ruisseaux, les sauter, hop! oh, celui-ci était un peu plus large qu'elle ne le pensait, elle a les jambes toutes mouillées, mais elle ne va pas abandonner ses recherches, hop encore et hop, hop...! Finalement, voilà, tout autour d'elle les feuilles vertes dont sortent les tiges aux clochettes blanches, il lui en faudrait une centaine, de ces brins. Elle sait déjà dans quel vase elle va mettre le bouquet, dans le vase en poterie bleue avec des pois blancs.

Quelle heure peut-il bien être? Les moustiques se posent sur ses jambes et dans sa nuque aussi, c'est énervant, vite, elle cueille encore quelques brins tout en tapant sur les insectes, met une corolle de feuilles vertes tout autour, elle a un bout de raphia dans la poche de son short, à la maison, elle le remplacera par un ruban de soie blanche. Le beau bouquet!

Oh là, une chaussure prise dans cette saleté, comment va-t-elle s'en sortir, sa mère ne voudrait pas lui acheter une autre paire, son père dit que l'argent ne pousse pas dans les arbres, qu'il n'est pas un *Dukatenscheisser*[3]. Elle le sait évidemment, l'argent ne se produit pas de façon aussi naturelle. Ouf, voilà sa chaussure... Mais qu'est-ce qui bouge par là? Un petit serpent, une couleuvre? Il y en a dans le jardin, cachés dans le lierre qui couvre la petite pente allant de la plate-bande des rosiers vers la haie de groseilliers. Marguerite ne savait pas que ces bestioles sont capables de

---

3 - Chieur de ducats.

nager, mais évidemment, avec toute cette eau, il faut bien qu'elles se déplacent. Il paraît qu'elles ne sont pas venimeuses, du moins c'est ce que son grand-père lui a dit un jour qu'il a vu qu'elle en avait peur. Il a affirmé qu'elles se contentent des insectes. Eh oui, c'est pour ça qu'elles se baladent par ici, pour manger les moustiques !

Le bouquet est splendide, sa mère sera contente. Demain matin, Marguerite le mettra au centre de la table, sur la véranda de cette belle maison, quand on prendra le petit déjeuner.

À savoir quelle heure il est, les vaches sont déjà parties vers leurs étables, elle n'aura donc pas besoin de converser avec le vacher qui est gentil mais qui appelle les Berlinois des *forensen,* elle ne sait pas ce qu'on lui a fait. Elle ne sait pas non plus d'où vient ce mot, *forensen*. Eva, qui apprend l'anglais, pense que ça vient du mot anglais *foreigner*.

Il faut qu'elle se dépêche un peu maintenant. Personne ne s'inquiète de ses aventures, ici à Ahrenshoop, mais elle commence à avoir faim et il va falloir encore qu'elle aille chercher le lait à la ferme, un litre de lait dans un pot émaillé bleu et blanc, avant que la nuit ne tombe.

La violence

DEPUIS QUE LA MAISON au bord de la mer lui appartient, Martha quitte Berlin en avril pour aller vivre jusqu'à l'automne à Ahrenshoop où Marguerite l'accompagne. Elle est douée, affirme-t-elle, quand Theo essaie de parler de scolarité. Et comme il est du même avis, lui aussi, il laisse passer.

Marguerite aide sa mère, l'accompagne à la plage acheter le poisson de la journée, va chercher l'eau à la pompe, juste à droite de la porte de la cuisine. Ma verse une partie de cette eau dans un filtre suédois à charbon de bois ; l'appareil fera de cette eau une boisson délicieusement fraîche. Au fond du jardin où il y a les groseilliers, Marguerite cueille le dessert du soir. Parfois, le samedi, elle monte au cimetière dans les hautes dunes, ratisse les petits sentiers entre les tombes familiales, chacune surmontée d'un bloc erratique portant le nom Seeberg. À l'est du cimetière, elle voit la mer Baltique, à l'ouest, il y a la mer intérieure. Entre les deux, c'est la tranquillité sans égale.

Trois mois de liberté totale. Il est rare que Marguerite regarde ses livres d'école. Martha l'envoie quelques jours à l'école à classe unique du village. L'instituteur, Herr Deutschmann, l'informe que l'enfant semble s'ennuyer, se déclare prêt à lui donner des leçons privées. Mais comme Ma a vu la photo d'Hitler et des croix gammées dans la salle de classe, elle décline. Soucieux des progrès de sa fille, Theo décide de faire tous les quinze jours le voyage Berlin-Ahrenshoop, 300 km seulement. Mais il faut prendre le train, puis un bateau pour traverser la mer intérieure, puis un taxi pour arriver dans ce paysage marin qu'il n'aime pas. Les leçons vont mal.

Il révise les mathématiques avec elle, du français aussi, devient impatient quand elle ne comprend pas tout de suite ce qu'il essaie de lui apprendre à la va-vite puisqu'il veut rentrer à Berlin. Elle ne lui connaît pas ce côté, commence à craindre les leçons paternelles.

Un jour il arrive en auto, avec Christa et son amoureux — situation qui intéresse beaucoup la petite —, se repose à peine, annonce qu'à quatre heures il y aura une leçon de mathématiques. Marguerite le rencontre dans le bureau du grand-père défunt, c'est un lieu paisible. Souvent, elle s'y retire pour lire.

Il lui explique quelque chose, lui demande de résoudre un problème, elle en semble incapable.

Il répète ses explications, elle reste un peu confuse — il n'est pas spécialiste des mathématiques —, il renchérit, elle commence à pleurer, il se met en colère, elle s'enfuit, se cache dans la cabane du bois à brûler. Theo la cherche, l'appelle d'une voix de plus en plus désagréable, d'une voix qu'elle ne lui connaît pas, s'enquiert auprès des autres de sa probable cachette. Karl, l'imbécile, l'amoureux de Christa, la trahit.

Et Theo la bat. Lui qui ne l'a jamais touchée qu'avec tendresse, lui donne une fessée, une vraie, une fessée qui fait mal, elle hurle comme elle avait hurlé devant le chat déchiré, elle qui n'a jamais été frappée désespère devant cette violence inconnue. À la fin, il veut qu'elle lui demande pardon. Elle refuse. Il veut l'embrasser, elle se défend des pieds et des mains. Jamais plus elle ne fera de mathématiques avec lui, elle le déteste, elle ne veut plus le voir.

Le lendemain matin, la voiture repart, Marguerite s'est cachée sous le lit de la chambre bleue, n'a pas dit au revoir à son père.

À la fin de cet été-là, la maison au bord de la mer sera vendue.

Le geste final

MARGUERITE SE SOUVIENT. C'était au mois d'août, Ma et elle étaient heureuses, leurs corps bronzés éclataient de santé, l'eau de la mer était douce, presque tiède, elles y allaient le matin, rentraient déjeuner, faisaient une petite sieste, Martha dans sa chambre bleue, Marguerite dans celle que sa mère avait peinte en jaune, un jaune soleil dans lequel l'enfant se réveillait toujours avec plaisir.

A-t-elle oublié la fureur du paternel? Apparemment pas. À quatre-vingt-quatre ans, elle en a encore les larmes aux yeux.

C'est le soir. Le couple est assis à l'arrière de la maison où les roses plantées par Alla Amanda fleurissent en abondance.

Theo parle d'argent. Il parle du Nord qui l'effraie, du Sud qui le ravit. Il n'aime ni cette mer, ni ce sable dans les dunes, ni la plage, ni tous ces universitaires berlinois qui se rassemblent ici pour ne rien faire. Qui amènent leurs gros chiens chier sur la plage pour que la mer emporte les crottes...

Marguerite reconnaît cette voix furieuse, cette voix que Theo fait entendre seulement à Ahrenshoop. Elle a peur, mais elle écoute.

Elle entend dire qu'il faut se débarrasser de cette maison héritée du grand-père, la vendre, quitter Ahrenshoop qu'elle aime mais que Theo abhorre... Elle se lève, s'agenouille près de la fenêtre ouverte, l'air de la nuit est doux. Violente, la voix du père déchire le silence :

— Tu le sais, mais tu ne veux pas l'admettre, ton père ne comprenait pas que son nationalisme contribuait à la montée du national-socialisme, il a salué Hitler, a accepté que ce salaud lui fasse des honneurs... Il lui courait après pour avoir enfin ses titres de noblesse, ce stupide *von* qu'il a toujours envié à son collègue Harnack... Les gens en auraient ri !

— Je t'en prie, tais-toi. Ahrenshoop...

— Ah ! Ahrenshoop, le lieu idyllique... George Grosz l'avait compris, il n'y a qu'à se rappeler son aquarelle de la plage avec les croix gammées[4]...

Les croix gammées. Theo a raison. Marguerite en a vues un peu partout, sur la plage, à l'école, dans des magasins.

— Grosz ? C'était la plage de Wustrow...

— C'est du pareil au même. De toute façon il habitait Ahrenshoop à l'époque.

— ...parce qu'il aimait travailler ici.

— Où il a décidé de ne pas s'acheter de maison. Où Goering se plaît dans son chalet de chasse... Où Einstein n'a plus mis les pieds depuis 1928...

Einstein, réfléchit Marguerite, c'est un Juif, Ma me l'a dit, un Juif comme les Märzbach, les Falck, comme Egon, le mari d'Eva. Goering n'est pas un Juif, c'est un nazi. Les Juifs et les nazis, qu'est-ce qu'ils ont à voir avec Ahrenshoop ?

— Ton frère se fait le représentant nazi dans le cercle des théologiens universitaires... Et tu veux que je vienne passer mes étés dans ce village où il promène ses chiens ?

---

4 - *Ein Mann von Überzeugung* / *A Man of Conviction*. 1928, Washington DC, Hirschhorn Museum.

Qu'est-ce que Theo a donc contre les deux chiens de l'oncle Erich? Ces gros terre-neuve au poil doux? Marguerite ne comprend plus rien, se sent perdue.

— Chaque été, j'accepte des locataires, des femmes peintres, il y en a tellement à Ahrenshoop... Ça paie les impôts.

— Et il faut que je me couvre quand je sors de ma chambre...

Ma ne dit plus grand-chose, une fois elle dit non, et non encore, puis se tait pour de bon.

— On pourrait divorcer, dit le père, mais, je te mets en garde, j'aurais la petite, elle vivrait avec moi...

Plus tard, il fait déjà presque nuit, Marguerite voit ses deux parents, deux silhouettes grises, s'en allant par la porte du jardin vers la boîte aux lettres pour y placer l'enveloppe contenant un document que sa mère vient de signer. Elle monte se coucher, que peut-elle faire d'autre? Jamais elle ne parlera d'Ahrenshoop avec son père. Jamais. Jamais cette blessure ne se cicatrisera. Elle ira vivre en Afrique, elle ira vivre en Amérique du Nord, passera ses vacances à Biddeford Pool dans le Maine, mais le village au bord de la mer Baltique restera son domicile intérieur.

Parenthèse

AH BON, dit la vieille dame à ses sœurs, vous n'avez pas les mêmes souvenirs? Vous vous rappelez seulement une petite pleurnicheuse embêtante qui n'en voulait qu'à sa tête et se réfugiait dans les bras de son père dès que quelque chose lui déplaisait? Elle était hystérique, dites-vous, cette enfant qui, en Suisse par exemple, refusait d'avancer sur ses propres pieds et demandait en pleurant, non, en hurlant et en tapant des pieds, que Theo la porte sur ses épaules. Lui avait bien compris qu'elle voulait voir sans trop se fatiguer les montagnes aux sommets enneigés, les glaciers, les chamois et les marmottes, le chalet du grand-père de Heidi et l'église du village.

Dites-vous bien qu'il aimait me porter, mettre ses mains autour de mes chevilles, les soulever au rythme de ses pas.

Vous non plus vous n'aviez pas envie de faire ces longues randonnées sur des chemins rocailleux? Avec rien que de l'eau citronnée si jamais on avait soif? Fallait le dire! Je vous aurais aidées! J'aurais plaidé votre cause. Pour vous, j'aurais prétendu être malade, demandé qu'on rentre. Mais vous pensiez que j'étais une créature inutile, rien qu'une enfant gâtée.

Vous étiez jalouse de moi, la plus jeune, c'est tout et c'est probablement normal. Vous étiez jalouses de mes étés au bord de la mer. À Berlin, vous me menaciez, la nuit surtout. Vous ne vouliez pas me garder quand nos parents sortaient. Christa dit que ce n'est pas vrai, mais moi, je me souviens : elle était là, à côté de mon lit, un grand couteau à la main, disant qu'elle allait me tuer, me charcuter, que sais-je. Puis elle rigolait méchamment et quand maintenant je lui parle de cette histoire, elle m'accuse d'avoir l'imagination trop fertile. Trop fertile, hein ? Jamais !

Vous étiez toujours deux à me tendre des pièges. Toi, Eva, un soir — Christa était en train de se balader avec son mec — tu devais me garder pendant une heure, parce que je pleurais quand j'étais seule, le soir, mais tu es partie, je m'en suis aperçue dans mon lit, la maison semblait si vide, si silencieuse, tellement ouverte au malheur… J'en ai fait le tour pour te trouver, j'ai regardé sous les lits, j'avais peur de trouver le meurtrier, mais il fallait regarder. Toi, tu n'étais nulle part, puis je suis partie moi aussi, dans ma chemise de nuit, je suis allée retrouver Ma et Theo chez les Leber, à deux coins de rue de chez nous, dans ma chemise de nuit et en pleurant…

Vous aimeriez que je ne dise du mal de personne. Ni du père, ni des autres. On verra. Certes, je ne dirai aucun mal de Ma, je vous le promets. Sauf qu'après le 30 janvier 1933, l'arrivée d'Hitler au pouvoir, elle est devenue trop sérieuse. On l'entendait rire si rarement. Bof, ça se comprend, il n'y avait plus tellement de quoi rire. Je me rappelle comme elle a pleuré, le lendemain de la *Kristallnacht*[5], elle m'avait emmenée à la Nürnbergerstrasse, où il y avait la boutique de son chemisier. La vitrine du magasin toute brisée

---

5 - La nuit de Cristal, 9-10 novembre 1939.

comme toutes les autres vitrines, du verre partout, et Ma en larmes. Moi, j'avais peur d'un type en uniforme qui voulait lui parler, elle l'a regardé, hautaine comme elle savait l'être, sans lui dire un mot. L'homme s'est détourné et nous avons continué notre chemin, sur le trottoir couvert de débris de verre. Il fallait marcher lentement; elle pleurait toujours mais elle se tenait droite, très droite.

Vous dites que, sur le plan personnel, je n'aurais pas dû dire de mal de notre père, lui en vouloir tellement au sujet de la vente de la maison dans les dunes. Mais c'était naturel. J'étais lente à comprendre que le paradis n'existe que pour les innocents et que des innocents, il n'y en a pas, à part les tout petits enfants. Il fallait que quelqu'un me chasse de mon paradis, Theo, le dieu de mon enfance, était prédestiné à ce rôle rien que par son nom. Même le petit serpent dans la forêt aux muguets le savait.

Parlons-en, de nos parents! Ils ont réussi à vivre ensemble pendant plus de quarante ans, tant bien que mal et c'est admirable. De nous trois, il n'y a que Christa qui n'a jamais divorcé. Eux, Theo et Ma, ont fini par se séparer quand lui avait soixante-dix et elle soixante-et-un ans, quelle histoire lamentable! Ils ont même vendu la petite maison berlinoise, vous n'étiez pas là, mais j'y étais, j'avais trente-quatre ans et j'allais partir, m'installer au Canada... Ma ne voulait se séparer de personne, c'est Theo qui en avait marre de vivre avec une malade, alors qu'il avait une autre femme à ses pieds. Ce qu'il y a de loufoque ou d'incompréhensible dans cette tragédie, c'est que sa copine était aveugle, enfin, à 80 %. Elle travaillait comme standardiste, était capable de marcher sans qu'on l'aide, sans même une canne blanche. Ainsi il a lâché la paralytique pour joindre celle qui ne voyait pas bien, faut-il être fou! Vous ne vous souvenez pas? Mais qu'est-ce qu'elle a votre mémoire?

À l'époque on n'avait pas encore les marchettes, ni les scooters électriques, aujourd'hui beaucoup de vieux en ont, il y en a plein dans mon immeuble. Ma devait toujours attendre que quelqu'un lui donne le bras, parfois il fallait même deux personnes pour qu'elle puisse se lever. Theo ne voulait pas s'occuper d'elle, ne voulait pas faire l'infirmier, j'étais dans la cuisine quand je l'ai entendu dire cela, alors je me suis tournée vers lui et je lui ai carrément crié *Du Schwein! Du seniles Schwein!* Laissez-moi répéter ces deux mots, DU SCHWEIN, ils ont de ces muscles! Notre mère pleurait, larmes après larmes, impuissante. Lui, furibond, m'a répondu par un coup de poing dans la nuque. Pendant des années j'en ai senti l'effet, j'ai vu plusieurs chiropracteurs, sans succès. À la fin, quand j'en avais tellement marre de ne pas pouvoir tourner la tête sans penser à mon père, je me suis fait hypnotiser. Vous me direz que c'est bête, que je fais trop d'histoires, mais depuis j'ai compris que moi non plus je ne voulais pas m'occuper de Ma, dépérissante. Au fond je n'étais pas meilleure que Theo, sauf que tout de même c'était lui qui était marié avec elle, pas moi.

Il aurait mieux valu qu'on se parle au lieu de s'insulter et de se battre… Quand est-ce qu'on prend cette mauvaise habitude de garder le silence sur sa vie intérieure, d'exploser quand rien ne va plus, plutôt que de s'ouvrir quand c'est encore faisable?

Il y a si longtemps de cela, mais ça ne me sort pas de la tête, alors j'écris pour m'en débarrasser, parfois ça fonctionne, mais parfois seulement. Réfléchir à mon enfance à l'âge que j'ai, devrais-je en avoir honte?

Quant à nos parents, je préfère me les imaginer heureux. Ils ont bien dû l'être à un moment de leur vie.

III

Eux

Temps heureux, temps passés.
Theodor Bohner, *Das Licht und sein Schatten*

Rome

Le professeur Seeberg, venu de Berlin sur l'invitation de l'Université de Fribourg-en-Brisgau pour donner un cours sur le rôle de Luther dans le développement des pays baltes, s'installe avec ses vieux cahiers de notes jaunis derrière le lutrin sur l'estrade. Il regarde son auditoire, une trentaine d'étudiants, dont Theo qui s'est inscrit à ce cours en pensant que lui, fils de missionnaire luthérien, devait écouter ce que le célèbre théologien et *Geheimrat*[6] avait à dire sur le réformateur. Pas bête, ce qu'il racontait, ce monsieur, surtout ce qu'il disait au sujet du baptême que Luther voyait comme un geste posé par Dieu invitant le chrétien à se questionner. Et ce qu'il y avait d'agréable, c'est que Seeberg pouvait, à l'occasion, devenir personnel, parler du fait, par exemple, qu'en baptisant ses filles jumelles il avait carrément confondu leurs noms.

La veille, Theo avait frappé à la porte du bureau du professeur, histoire de se présenter, comme c'était l'habitude des candidats au doctorat désireux de faire bonne impression sur les dignitaires invités. Une jeune fille lui avait

---

6 - Titre honorifique, conseiller privé en français, donné en Allemagne jusqu'à la 2e Guerre mondiale sur recommandation de l'Empereur.

ouvert la porte. Grande, d'abondants cheveux bruns, des yeux bleus. Un beau et rapide sourire, un bonjour poli, et puis elle s'était éclipsée, entraînant une autre jeune fille, plus petite qu'elle et avec des cheveux blonds.

Theo avait voulu s'excuser d'avoir dérangé, le professeur l'avait prié de s'asseoir. C'étaient mes filles, dit-il, comme pour expliquer cette présence féminine. Ils avaient causé de Luther d'abord, puis du père missionnaire de Theo, décédé un an auparavant, en 1905, qui tout comme le professeur Seeberg avait été membre de la *Deutsche Kolonialgesellschaft.* Selon le professeur, l'Allemagne devait s'efforcer d'acquérir d'autres colonies dans les pays africains et asiatiques.

Quel était le sujet de la thèse de Theo? Ah, ce n'était pas une thèse en théologie? Mais… Ah, le préfixe *un* chez Goethe? Comment vous êtes-vous retrouvé avec un sujet aussi vaste? s'exclama l'érudit, un vrai travail de bénédictin, ça va vous prendre des années! Oh, répondit Theo, j'ai presque terminé! Mon directeur, le professeur Frey, est satisfait, il pense que je me suis bien débattu avec les monstres, *die Ungeheuer* qui apparaissent dans *Faust,* et aussi avec les tentations de l'adultère, *die Untreue,* dans le roman *Die Wahlverwandtschaften,* les Affinités électives. Il recommande déjà la publication… Bon, bon, termina le savant berlinois, tenez-moi au courant de votre travail.

Theo était parti, incapable d'effacer de sa pensée l'image de la jeune fille aux cheveux bruns.

Là, assis dans la troisième rangée de la salle, il écoutait le grand homme tout en le comparant avec sa fille, celle qui lui avait ouvert la porte, celle dont il ne connaissait même pas le nom et dont il ne savait rien, sauf qu'elle avait de magnifiques cheveux, une voix douce, et un beau sourire. Et une sœur aussi qu'il avait à peine vue. Cette sœur avait semblé petite et un peu rondelette, alors que l'autre avait la svelte taille et le port élancé de son père. Des jumelles, vraiment ?

De leur père, on lui avait dit les origines. Or, Theo, qui aimait voyager, n'avait jamais même pensé à visiter les pays baltes, ces pays nordiques, pays de l'ambre au bord de la mer Baltique, conquis et dominés par d'autres nations, christianisés et colonisés par des chevaliers teutoniques de Brême et de Lübeck ; il était plutôt attiré par les pays de l'hémisphère sud. En se préparant pour le cours, il avait appris que dès le 16ᵉ siècle les pays baltes furent un fief du protestantisme luthérien et qu'à Berlin, deux experts de ce protestantisme, Adolf von Harnack et Reinhold Seeberg, tous deux Baltes de naissance, tenaient maintenant fièrement à le faire valoir.

Ainsi, debout devant le tableau noir, Seeberg parle des luthériens allemands des pays du Nord. Il leur attribue fierté et modestie naturelles, hardiesse et prudence, curiosité et discipline intellectuelle, un grand intérêt pour la politique. Il évoque son propre père, un cultivateur, debout sur son cheval galopant à travers ses terres. Cette fille aux cheveux bruns, serait-elle une amazone ? Tout à coup Theo a peur.

À la fin du semestre, les étudiants du troisième cycle ont offert selon les usages un dîner d'adieu au théologien. Qui allait-on asseoir à côté de ses filles ? On organisa une sorte de loterie : Theo n'en revenait pas, le hasard l'avait désigné pour être le compagnon de la belle Martha. Fille d'universitaire, descendante de chevaliers, elle allait pendant toute une soirée être à côté de lui, fils d'un simple cordonnier devenu propagateur de la foi.

Theo alla s'acheter un costume comme il faut, une chemise blanche à faux col, une cravate de belle couleur mais discrète.

❧

Martha avait trouvé difficile de prendre le bras de Theo pour se faire conduire à la table d'honneur, avait été gênée de paraître gênée. Le regard sévère que lui jetait sa mère, assise entre son mari et le doyen de la faculté des lettres, l'avait effarouchée encore davantage. Chaque fois que Theo tentait d'entamer une conversation, elle rougissait ce qui provoquait en lui l'angoisse, non, la certitude de ne pas être à sa hauteur.

Finalement elle s'était rendu compte que ce jeune homme n'était pas un ogre affamé, prêt à se jeter sur elle. Elle avait commencé à rire et il avait pu la regarder dans les yeux. Ils avaient parlé de choses banales tant soit peu amusantes, ils ne s'étaient pas ennuyés. Elle l'avait même invité à l'appeler *Ma,* comme le faisait sa sœur pour qu'elle ne devienne pas comme la Marthe de *L'Évangile,* une petite ménagère un peu ronchonne qui brique sa maison pour la rendre accueillante.

Après le repas, Theo avait échangé quelques politesses avec les parents de sa voisine de table, qui l'avait présenté ensuite à Maria, sa sœur. Petite, allègre, celle-ci était accompagnée d'un homme dans un bel uniforme d'officier de cavalerie, Hans von Benda. Elles lui avaient parlé de leur frère Erich, retenu à Berlin où il préparait une thèse de doctorat. En théologie, bien sûr, avait précisé Martha avec un petit sourire ironique, sur Luther, qui d'autre…

Quelques jours plus tard, les Seeberg étaient rentrés à Berlin et Theo avait consacré le reste de l'année à Goethe et au préfixe *un,* convaincu qu'il ne reverrait jamais sa compagne d'un soir. En effet, il allait lui falloir sept ans pour la retrouver.

À vrai dire, il n'avait pas souvent pensé à elle, il avait dû travailler pour trouver son chemin dans le monde. Toutefois, le doctorat acquis, il avait glissé une de ses nouvelles cartes de visite, avec son nom précédé du titre, dans une enveloppe adressée à Fräulein Martha Seeberg, Joachim-Friedrich Strasse 52, Berlin-Halensee, Allemagne. Doutant du bon fonctionnement de la boîte à lettres de son quartier et des postes en général, il s'était présenté à l'un des guichets de la poste centrale de Bâle pour affranchir l'envoi selon les conseils d'une employée. Une demi-heure plus tard, il avait, avec le peu d'argent qui lui restait en poche, envoyé un télégramme au bureau principal de la poste, à Berlin, demandant de ne pas livrer la missive mais de la lui renvoyer.

Il avait obtenu des postes d'enseignant dans des lycées de petites villes allemandes, avait préparé ses cours avec assiduité dans la crainte de déplaire à ses supérieurs et avait profité de ses vacances d'été pour aller voir le monde méditerranéen : l'Italie, la Grèce, la Turquie, Malte, l'Égypte, le Liban. Chaque été, il avait passé une semaine chez sa mère qui vivait maintenant dans une maison de retraite, à Neustadt, sur la route des Vins. Comme la vieille dame et lui étaient depuis son plus jeune âge habitués à ne pas vivre ensemble, elle ne se plaignait pas de solitude et lui ne se sentait pas coupable de ne pas aller la voir plus souvent. De ces quelques semaines dans le Palatinat venait sans doute son intérêt pour la viticulture.

De temps à autre, il avait écrit une belle carte postale à Martha sans toutefois juger opportun d'indiquer une adresse de retour qui aurait obligé la jeune femme a en accuser réception. En 1908, ayant été nommé directeur de l'École allemande à Rome, il avait envoyé la nouvelle de sa promotion à Martha, toujours sans indiquer d'adresse.

Certes elle aurait pu faire des recherches pour découvrir où était situé cet important institut représentant la culture allemande à l'étranger, mais apparemment elle n'avait pas voulu se donner cette peine. La fille d'un professeur titulaire de la chaire de théologie de la Friedrich-Wilhelm-Universität allait-elle perdre son temps à suivre les pérégrinations d'un professeur de lycée?

Quelques années plus tard, en 1912, le ministère des Affaires étrangères le fait venir à Berlin. Le directeur de l'École allemande de la capitale italienne, pourrait-il accepter un contrat de lecteur de langue et civilisation allemandes à l'Université royale de Rome?

Vraiment! Il n'allait pas seulement continuer à diriger une école dans la ville où il était aussi heureux que Goethe l'avait été, il allait enseigner à l'université de Rome par-dessus le marché! N'allait-il pas pouvoir demander la main de la fille d'un éminent collègue? Ou succombait-il à un accès de la folie des grandeurs?

Arrivé à Berlin, il n'en dormit pas de la nuit.

Le lendemain, vers midi, heure des visites sociales, il se rendit à l'immeuble en question, s'enquérit auprès du concierge, Herr Lebelang, à quel étage se trouvait l'appartement des Seeberg. L'homme offrit de le conduire dans un beau petit ascenseur au 4e étage ce qui convenait bien à Theo intimidé par sa propre audace.

L'opulence du bâtiment l'étouffait. Le marbre d'abord, les glaces ensuite, la guirlande de feuilles d'acanthe en plâtre, soigneusement dorée et régulièrement dépoussiérée, soulignant avec grâce la rencontre des plafonds et des murs, le large escalier et la balustrade en chêne, le tout ciré au plus haut degré, les lampadaires en cuivre jaune, les poignées des portes et les sonnettes astiquées elles aussi par des mains condamnées à l'invisibilité, tout comme les tringles métalliques qui retenaient avec efficacité la moquette couvrant les marches... Arrivé en haut, Theo avait été tenté de faire demi-tour, surtout qu'il n'avait aucune idée de ce qu'il allait dire. Mais monsieur Lebelang l'aurait pris pour un fou. Or, cet homme avait très bien compris les hésitations du visiteur. Il avait affirmé que les jeunes demoiselles étaient à la maison, n'avait pas demandé de savoir laquelle le visiteur convoitait, avait accompagné Theo jusqu'à la porte de l'appartement et l'avait encouragé à sonner avant de le laisser seul, face à son sort de prétendant inattendu.

Introduit par une bonne dans le vaste bureau du professeur, il osa à peine dire quelques mots auxquels celui-ci ne comprenait rien. Que désirait donc le jeune homme? Rêvait-il, ô chimère, d'un poste à l'université de Berlin? Finalement le père de Martha demanda à son secrétaire de conduire l'intrus au salon de la *Frau Geheimrat*[7] qui, plus perspicace que son mari dans les choses de l'amour, fit venir sa fille. Celle-ci rougissait comme à Bâle, mais souriait en même temps.

Bref, Theo allait mettre fin à sa vie de célibataire et Martha allait faire pareil. Une porte s'ouvrait pour elle, un homme venait la délivrer de son existence perpétuelle de dame de compagnie, femme de chambre et aide-soignante de sa mère. Le pire de ce travail était la descente et surtout la remontée des quatre étages avec elle, quelle corvée! L'ascenseur ne fonctionnait pas toujours et la vieille femme refusait d'attendre, debout, seule sur un palier, que sa fille aille chercher monsieur Lebelang, pour qu'il bricole jusqu'à ce que l'engin se remette en route. Non, il fallait monter l'escalier immédiatement et Martha devait alors se placer derrière sa mère, deux marches plus bas qu'elle, faire de

---

7 - En Europe, l'épouse prenait autrefois le titre du mari.

ses mains un siège pour les fesses de la dame et la soulever pour lui faciliter l'ascension… Ma comprenait que sa sœur soit toujours absente, en train de se balader d'un concert à l'autre avec son cavalier qui n'était pas seulement officier mais aussi très bon musicien.

Si elle-même avait au moins pu s'inscrire à un cours du Lette-Haus, institution respectée par les parents des filles encore inadmissibles aux études supérieures… On y préparait des jeunes filles comme elle à devenir secrétaires, monitrices de jardin d'enfants, gardes-malades ou assistantes sociales. Mais sa mère n'en avait pas vu la nécessité.

— Tu as tout ce qu'il te faut ici, avait-elle dit, et moi, j'ai besoin de toi.

Le père trouvait que ce n'était pas de ses affaires. Sa femme avait besoin d'aide. Allaient-ils faire vivre une étrangère chez eux, alors que Martha était si capable ? Pourquoi voulait-elle apprendre un métier qui lui rapporterait bien peu, alors que son père pouvait prendre soin d'elle ? Enfin, que les femmes se débrouillent !

Il s'en allait à son bureau, à l'université, parcourait les plus récents articles de ses collègues, lisait avec attention celui de son collègue qui, à son avis, commençait à idéaliser des principes républicains. Fallait-il prévenir Erich ? Un Seeberg ne pouvait figurer dans la cohorte des disciples du professeur von Harnack.

Enfin, Erich s'était au moins fiancé avec une descendante de riches commerçants hambourgeois. Il était donc matériellement casé de façon satisfaisante.

Puis voilà qu'arrivait ce Theodor Bohner qui disait aimer Martha et voulait l'épouser. Un inconnu, pensa le professeur, un parvenu. Un étrange vagabond, pensa Ma. Drôle, intelligent aussi, ajouta-t-elle. L'idée de quitter la chambre qu'elle partageait avec sa jumelle pour en partager une avec un homme ne l'effrayait pas, ni ne l'attirait. Ça faisait partie du mariage, se disait-elle, c'était ainsi que les femmes entraient dans la vie adulte, avaient des enfants, créaient une famille.

L'idée de vivre à Rome l'enchantait. Depuis la réception d'une des cartes postales de son «admirateur», comme disait Maria, elle avait, tel qu'il le lui avait recommandé, lu *Die italienische Reise* (le Voyage d'Italie). Le pays des cyprès et des citronniers lui plaisait d'avance.

Dans le débarras de l'appartement de Marguerite, à Toronto, plus précisément dans la boîte marquée «Famille», il y a une photo du mariage qui eut lieu le 1er septembre 1913, à Ahrenshoop, village au bord de la mer Baltique, où les parents de Ma possédaient depuis le début du siècle une spacieuse maison d'été.

Mariage simple et de bon goût. Dans son rôle de pasteur, le père avait, à 11 heures du matin, présidé à la cérémonie religieuse, suivie d'un excellent déjeuner que la mère, qui perdait sa fille, avait fait préparer. Après le dessert, Hans avait joué une sonate pour violon de Mozart, avec Maria au piano. Une photo de groupe, cinq hommes et onze femmes, fut prise dans le jardin

Au premier plan, à gauche, il y a la mariée vêtue d'une robe de mariage la couvrant de haut en bas. Le vent semble avoir poussé le côté droit de son voile solidement attaché à une couronne de fleurs contre sa joue droite, tandis que l'autre côté du voile caresse légèrement le menton de Theo. Celui-ci, évidemment placé à gauche de Ma, arbore une moustache bien garnie.

Du côté droit du tableau de famille, il y a la belle Hambourgeoise, élégante dans une robe à volants multiples enrobant ses seins. À sa droite, Erich, en habit noir à cravate blanche, comme quatre autres hommes, tandis que le fiancé de Maria porte son bel uniforme d'officier de cavalerie.

Sur un sol couvert d'une broussaille indéfinissable, le groupe se tient à l'ombre partiel d'un chêne et se serre autour d'une table de jardin rectangulaire, en bois. Le théologien et sa femme, qui tient dans ses mains un petit bouquet de fleurs appartenant probablement à la mariée, et deux femmes plus âgées sont assis sur un banc rustique.

Le soleil brille, mais personne ne sourit, sauf Maria, en robe à manches courtes. Sourit-elle, un peu bêtement d'ailleurs, parce que Hans a résolument passé son bras sous le sien pour poser sa main masculine sur son avant-bras dénudé ?

∾

L'après-midi même, les mariés s'étaient mis en route. Maria et Hans les avaient conduits dans la voiture de l'officier au petit port d'Althagen ; ils allaient traverser la mer intérieure dans un bateau à vapeur. Un train pris à Ribnitz les avait en quelques heures amenés à Berlin. Le lendemain même ils avaient pris un autre train jusqu'à Marseille, puis un autre bateau en direction de Civitavecchia, port de Rome.

Ils auraient pu prendre un train direct Berlin-Rome, mais Theo avait tenu à inclure un voyage en mer dans leur voyage de noces. Et la Méditerranée s'était bien tenue, la mer Tyrrhénienne avait suivi l'exemple, aucun mal de mer n'avait dérangé leurs premiers ébats matrimoniaux. Une photo, prise le matin par le photographe de ce bateau des lunes de miel, les montre debout, face à face, les yeux dans les yeux, chacun une main sur le bastingage.

Rome. En 1922, Theo publia un recueil de nouvelles dans lequel on ne retrouve aucun personnage ressemblant à Ma, mais qu'il avait intitulé, certes en hommage à sa femme, *Lachendes, liebendes Rom* (Rome, ville du rire et de l'amour).

∽

Il avait proposé qu'ils descendent dans un hôtel en attendant de trouver un appartement comme il faut — il se rappelait l'opulent logement des parents Seeberg — mais Ma se révéla raisonnable et assez économe. Le petit appartement de Theo, au 16 Via Zucchelli, allait suffire pour le moment. Elle n'était pas hésitante non plus. Dès le 1er octobre, ils louèrent un appartement en haut de l'Escalier espagnol, au 4e étage du 11, Via Bocca di Leone.

Tôt le matin, quand Ma ouvrait grand la fenêtre de la chambre à coucher pour aérer la literie, elle avait devant elle la Piazza di Spagna, sa belle fontaine, et son glorieux escalier, déserts à part quelques Romains lève-tôt. Les touristes se reposaient probablement encore des fêtes de la veille, tandis que les mendiants, les vendeurs de souvenirs et de jouets d'enfant, les saltimbanques et autres artistes attendaient l'après-midi pour essayer de gagner de l'argent.

À Noël, Theo lui fit cadeau de deux gravures de Piranesi, l'une représentant le célèbre escalier, l'autre, le Forum romain. Longtemps ces deux chefs-d'œuvre du 17e siècle allaient occuper une place d'honneur dans la salle à manger du couple.

Ma aimait accompagner Theo, en route pour son école, jusqu'en bas de l'escalier. Ils s'asseyaient alors à la terrasse du Cafe degli Inglesi, commandaient du café au lait et des croissants, s'attardaient un peu, avant que Theo ne continue son chemin. Et parfois il s'arrêtait, se retournait pour pouvoir encore une fois, de loin, embrasser sa femme du regard, la voir remonter les 138 marches de ses longues jambes bien cachées sous une jupe flottant au rythme de ses pas allègres.

Comment auraient-ils pu ne pas être heureux, cette femme de vingt-quatre et cet homme de trente-quatre ans, dans la grande ville légendaire, belle et ensoleillée?

Tous les jours, Theo trouvait plusieurs raisons pour admirer sa femme. Elle l'épatait par sa vivacité, sa curiosité, sa capacité naturelle de distinguer le vrai du faux, et par sa simplicité. Elle pouvait rester silencieuse pendant qu'il travaillait, l'écouter à d'autres moments, lui poser des questions, lui tenir tête quand il le fallait. Elle était prête à réfléchir sur ce qui s'offrait à elle. De plus, quand le directeur de l'École allemande devait se rendre à des soirées du corps diplomatique, Ma, fille du grand Seeberg, lui faisait honneur. Bref, elle était parfaite.

À l'aide du peu d'italien qu'elle s'était mise à apprendre avant leur mariage, elle avait, au 11 Via Bocco di Leone, fait la connaissance du concierge, Signore Antonio Odoardo et de sa femme Rosalia. Elle les avait félicités de la propreté des escaliers, de la bonne santé des lauriers roses dans les grandes urnes de bronze devant l'immeuble et les pots d'argile dans la cour. Du coup Antonio leur avait monté un succulent plat de pâtes, *aglio e olio*, assez pour deux repas. Par la suite, la femme du *signore professore* s'était arrangée pour apprendre, dans la minuscule cuisine de Rosalia, à faire un peu de cuisine romaine ce dont Theo profitait quand il rentrait déjeuner à midi.

Ainsi, elle se faisait des amis.

— *Signora tedesca*, appelait d'en bas le facteur, *viene il postino!*

Vite, elle lançait la corbeille attachée à une longue corde du haut de la fenêtre de la cuisine, regardait le courrier arrivé de Berlin s'empiler dans le panier qu'elle faisait remonter, contente de se faire livrer la correspondance avec sa mère selon la vieille méthode romaine.

Un plan de Rome à la main — elle trouvait que le *Baedeker*[8] lui donnait trop d'information sur des détails inintéressants — elle se baladait. Seule, indépendante.

Elle aimait bien visiter des monuments avec son mari et écoutait patiemment ses explications, elle respectait le fait qu'il avait vécu cinq années à Rome et savait lui montrer des quartiers que, sans lui, elle n'aurait peut-être jamais découverts, mais au fond, ce qu'elle aimait le plus, c'était de flâner à travers la ville sans être accompagnée, sans guide.

Comment faisait-elle pour ne pas se faire aborder par les hommes ? D'abord, ses cheveux foncés ne trahissaient point ses origines allemandes. Et sa réserve naturelle pouvait, si nécessaire, se transformer en cette sorte d'arrogance qui caractérisait les Baltes, du moins selon les recherches de Theo. Elle transperçait alors d'un ferme regard l'impoli pour en faire un être sans importance. Elle avait ri des angoisses de Theo qui la voyait déjà s'envoler avec un beau *cavaliere,* avait promis de ne pas s'asseoir seule dans un café.

À part la dot parentale déposée dans le compte en banque de Theo — en 1913, les femmes ne pouvaient ouvrir de compte en leur nom — son père lui avait accordé, selon les usages du temps, une modeste mensualité, un

---

8 - Theo se servait probablement de la 13ᵉ édition (1903) du *Baedeker Mittel-Italien und Rom.* Karl Baedeker était un écrivain et libraire allemand qui inventa en 1832 le guide touristique moderne : format de livre de poche, pesant au maximum 500 gr, couverture en toile rouge, flexible, doré sur tranches, deux signets, rouge et noir. La famille Baedeker continue encore aujourd'hui de publier ces guides célèbres en allemand, anglais et français. On parle de 992 éditions de ces guides. Le premier guide sur le Canada parut en anglais en 1894. Le *Baedeker* est encore en 2008 synonyme de précision et d'exactitude.

Nadelgeld[9], qui devait durant la première année de son mariage lui permettre de s'acheter bas, épingles à cheveux et autres nécessités féminines sans avoir à demander de l'argent à son mari.

Le shopping, quel plaisir dans ce quartier! Elle tournait à droite en sortant de chez elle, se rafraîchissait après quelques pas en plongeant les mains dans l'eau de la fontaine Barcaccia, puis se retrouvait tout de suite sur la Via Condotti à faire du lèche-vitrines.

La Via del Babuino était trois ou quatre rues plus loin; c'est là qu'il y avait de petits magasins d'authentiques antiquités. Un vieux carreau en majolique représentant la vierge avec son enfant, un petit vase à larmes doux au toucher, venant d'un cimetière pompéien, et aussi des reproductions en bronze comme celle du jeune garçon se tirant une épine du pied, des objets qui lui plaisaient tout en lui parlant d'un passé lointain... Elle explorait les magasins durant la semaine avant d'y retourner avec Theo, le samedi. Avec de l'argent de la dot, ils achetèrent des meubles anciens: pour la salle à manger, une table ronde en acajou, couverte de marbre de Carrare. Un petit pupitre de dame, une vitrine, quelques commodes. Des tableaux. Ils étaient presque toujours d'accord, sauf que Theo n'aimait pas ce qui venait probablement d'une église ou d'une chapelle comme le carreau en majolique acheté par Ma. Pour lui, les antiquités d'ordre religieux n'étaient pas à leur place dans une maison d'habitation, étaient, disait-il, signes d'irrespect de la foi des autres.

Enfants de théologiens, ni l'un ni l'autre ne croient en Dieu. Ils ne vont pas à l'église même si, le dimanche matin, les cloches de près de quatre cents églises romaines

---

9 - Petite somme d'argent pour s'acheter de quoi tenir sa garde-robe en ordre.

les y appellent. Theo se couvre alors la tête de son oreiller, Ma écoute le concert.

Sous son oreiller, Theo se pose des questions. À Rome depuis des années, est-ce qu'il aime cette ville avec le même enthousiasme que sa femme? Sans critiquer quoi que ce soit? Pour lui, l'idéal est le passé intouchable; l'antiquité reste l'antiquité, Raphaël et Michel-Ange de grands maîtres défunts admirables. La ressemblance des passants dans les rues de Rome avec les grandes figures, la beauté des Romaines semblable à celle de Vénus, dont on trouve les portraits sur les murs de tous les palais, lui plaisent; mais la réalité, le présent romain en général, s'accorde mal avec les principes de l'ordre, de la mesure et de la dignité qui, selon ses anciens professeurs suisses, doivent caractériser toute grandeur. Dans sa pensée, il ne réussit pas à rapprocher réalité et art.

Theo voudrait comprendre comment le passé et le présent réussissent à coexister à Rome. Ma rit quand lui se tourmente, quand il met en doute la grandeur de la réalité quotidienne qu'ils vivent à Rome. Sois heureux, lui dit-elle, regarde par la fenêtre, regarde comme c'est beau, tous ces gens, pressés ou paresseux, au bout de l'escalier, autour de la *barcaccia*[10], la fontaine de Pietro Benini ou de son fils Gian Lorenzo. Que les experts continuent à discuter qui des deux a créé la sculpture, nous, réjouissons-nous de la voir, jour après jour.

Theo, traître critique, doute sous son oreiller de la grandeur romaine. Il réfléchit à sa sortie de la veille, 11 novembre. Il avait suivi un groupe de gens à travers les ruelles de San Lorenzo sans connaître le but de leur excursion. Il avait bien vu les nombreuses croix ou crucifix que les gens transportaient, les montagnes de chrysanthèmes

10 - La barque.

blancs en vente le long du chemin. Il aurait voulu s'acheter une des pommes que des paysans, assis au bord du trottoir, vendaient. Mais quand il s'était baissé pour choisir un fruit, de hauts cyprès marquaient déjà l'entrée dans le lieu sacré du cimetière.

Il avait suivi la foule, fasciné surtout par des tombes familiales : grand-pères et grand-mères, pères et mères sculptés dans les vêtements de leur époque ; à leurs pieds, assis sur des marches, des enfants de toutes tailles, sculptés eux aussi, bien vêtus de vêtements d'enfant, précieux comme ceux que les boutiques de mode enfantine offrent aux familles romaines ; une petite fille jouait avec une poupée, son frère, douze ans peut-être, s'était mis à genoux, effrayé par on ne savait quoi. De tendres mains avaient placé sur les cheveux bouclés de la fillette et les mains croisées du garçon des fleurs blanches à moitié fanées. Pourquoi Ma ne l'avait-elle pas accompagné ? Elle lui manquait. Il aurait voulu discuter avec elle de ce qu'il découvrait ici, au Campo Verano.

Ridicules, ces blocs de marbre assez grands pour sculpter un autre Moïse, mais sur lesquels on avait collé sans arrière-pensée les photos d'une maigre institutrice ou d'une demoiselle des postes à la poitrine généreuse. Partout des scènes de la vie de famille des Romains, rendues éternelles par un sculpteur quelconque : des bourgeois mal habillés, leurs grosses épouses et leurs enfants gâtés, le tout joyeusement livré aux regards de la foule. Theo en est presque gêné. Ne faut-il pas laisser les morts s'en aller vers l'Achéron au lieu de les emprisonner dans le quotidien ?

Il voit une tombe après l'autre ornée de couronnes en fer-blanc, de formes si extravagantes qu'il n'oserait jamais en placer une sur la tombe d'un parent. Du haut des croix pendouillent des récipients scintillants. Ne possédant rien de mieux et joignant l'utile à l'agréable, les gens, probablement des épiciers ou bien des traiteurs, avaient apporté de grosses boîtes de thon ou de tomates, vides, pour qu'elles servent de vases aux fleurs blanches, les avaient attachées à l'aide de chaînes et de cadenas pour empêcher d'éventuels vols. Ainsi des magistrats et des hommes d'affaires reposaient ici en paix, pendant qu'à leur croix une boîte de conserve faisait de la réclame pour le jus de tomates de Castellamare. Une mère pleure son fils défunt en récitant des vers larmoyants gravés dans la pierre et à moitié cachés par une boîte affirmant que le thon de Palembaro est le meilleur du monde. Sur la tombe voisine, un petit tonneau aux images joyeuses : d'un bloc de marbre, un gros Neptune d'aspect païen, cachant à peine sa nudité sous un manteau de couleur pourpre, fait signe aux passants. Un bateau à vapeur passe derrière le demi-dieu, l'Etna crache du feu pendant qu'à ses pieds jouent des poissons. Une inscription loue en détail leur belle chair fraîche et saine.

Et partout, il y a des coupes en métal ou en porcelaine placées sur les tombes pour recevoir les cartes de visite... Theo aimerait savoir qui a mis des fleurs dans ce récipient particulièrement gros destiné aux cartes. Il y met la sienne. Sentimentalité et blague sont proches l'une de l'autre.

Il sort un peu la tête de dessous son oreiller... Plus de Ma, plus de sons de cloches. Devrait-il se lever ? L'odeur du café l'y invite.

Mais déjà il retourne au cimetière, attiré par de grands feux dans des chaudrons sous les noirs cyprès. Il voit tout un peuple s'approchant, homme après homme, femme après femme, pour verser de l'huile, apportée dans de petites bouteilles d'apothicaire ou de misérables canettes cabossées, dans la chaleur bouillonnante des chaudrons et puis jeter les derniers chrysanthèmes sur des tombes couvertes de plaques grises en fer, des gens silencieux. Ici, dans des tombes communes, reposent les ossements des trop pauvres pour acquérir un lot de cimetière. Maintenus dans leur anonymat, ces hommes et ces femmes constituent eux aussi un trésor pour un peuple désireux de maintenir un lien physique avec la mort.

La mort, la mort, se dit Theo en sortant finalement du lit, il faut vivre ! L'histoire du cimetière, j'en ferai une nouvelle, un jour. Pour le moment, il s'agit de rejoindre ma femme et de prendre un café.

Parenthèse

OUI, JE SUIS JALOUSE, admet la vieille dame. Moi aussi j'ai vécu dans des lieux remarquables, mais enfin, Rome, l'Escalier espagnol… J'étais enceinte quand, en 1946, je suis allée vivre à Tunis, je n'avais pas un sou, tout ce que je voyais de la fenêtre de ma chambre, c'était le quartier des ouvriers italiens, de petites maisons misérables qu'on n'avait pas repeintes depuis le début de la guerre. Et c'est resté ainsi dans ma mémoire, telle une banale photo. Encore aujourd'hui, c'est tout d'abord cette image qui me vient à l'esprit quand je me mets à penser à Tunis.

La fenêtre de leur chambre, en haut de la Piazza di Spagna, s'ouvrait sur un panorama glorieux, il faudrait que j'aille à Rome, que je me trouve un hôtel par là… Mais j'oublie, 84 ans, nom d'une pipe, où pourrais-je encore me rendre sur mes jambes rafistolées ? Quand j'ai mis Martin au monde, en Tunisie, je ne comprenais pas vraiment la sage-femme qui était alsacienne mais ne voulait pas parler allemand, et mon français avait encore des lacunes. Je ne voudrais pas me retrouver à mon âge en train de mourir dans un pays dont je ne maîtrise pas la langue, en Turquie disons, ou au Japon. Rome, l'Italie, ça irait encore, je saurais me débrouiller, mêler le latin et le français, prononcer le tout à l'italienne. Mais que dire de ma mobilité? De l'asthme qui m'essouffle depuis mon passage par la ménopause? Les 138 marches de l'Escalier espagnol, il me faudrait toute une matinée pour les monter! La conclusion? Me contenter de quelques livres remplis de belles images, d'un documentaire télévisé? À moins que quelqu'un ne m'accompagne, comme en l'an 2000 quand Élise est venue en Allemagne avec moi.

Qu'est-ce qu'elle est devenue, mon autonomie? Moi, qui ne me suis jamais préoccupée de frontières géographiques ou autres, me voici limitée par mon corps vieillissant, mon désir de roupiller un peu plus longtemps, de faire des siestes de deux heures, de ne rien faire parfois. L'idée de simplement vagabonder à travers le monde m'effraie, moi qui ai fait l'Italie en autostop, la France et l'Allemagne aussi, me voici pour ainsi dire vissée à mon fauteuil, les yeux sur l'écran de mon ordinateur.

Je ne me plains pas, l'écran est de bonne qualité, le fauteuil aussi même s'il me met parfois en danger. Ça ne s'est pas encore produit, mais nous, mon fauteuil et moi, avons plusieurs fois frôlé la catastrophe. Quand je me lève abruptement, il est projeté en arrière, sur ses roulettes, pendant que j'essaie de me mettre debout tout en craignant de me retrouver tout à coup sur le derrière. Il faudrait que je m'achète un fauteuil sur pieds et non pas sur roulettes. La baignoire et le fauteuil, moi et les petits dangers qui me guettent.

Il faudrait que je fasse la liste de ce qu'il faudrait que je fasse.

Magdebourg
Officium tuum fac mediocriter[11].

SEPTEMBRE 1915. Le pays du rire et de l'amour vient de
déclarer son entrée dans la Grande Guerre. L'École allemande de Rome ferme ses portes. Deux ans de lune de
miel, Via Bocca de Leone, sont arrivés à leur fin, Ma doit
s'essuyer les yeux, après avoir regardé une dernière fois
par la grande fenêtre de la chambre le glorieux panorama
ensoleillé.

En bas, il y aura les larmes de Rosalia. Même le facteur
est venu embrasser la belle femme du *professore*. Theo et
Ma rentrent à regret au pays.

Theo, doit-il faire la guerre ? Ma, qui est enceinte,
va-t-elle tout simplement retourner chez ses parents ?
Recommencer à s'occuper de sa mère, tricoter de la layette,
attendre la venue de l'enfant, le retour du héros ?

Le médecin militaire constate chez le conscrit des traces
de lésions tuberculeuses, note une forte myopie et des pieds
plats ; Theo est pour toujours exempt de service militaire.
Ses deux beaux-frères sourient, son beau-père aussi, lui-
même est franchement heureux de ne pas devoir risquer sa
vie. Il se met aussitôt à la recherche d'un poste permanent.

---

11 - Fais ton travail de bureaucrate tant bien que mal. Conseil que se
donnaient les fonctionnaires romains.

En attendant, Ma met au monde Eva, leur première fille. À Berlin, chez sa mère, la *Frau Geheimrat*. Celle-ci se rappelle qu'après la naissance de son premier enfant, elle n'avait pu vivre longtemps sans reprendre les relations sexuelles avec son époux, ce qui avait résulté en la naissance des jumelles, dix mois après celle d'Erich. L'évidence l'avait beaucoup gênée. Elle craignait de voir sa fille dans la même situation.

L'abstinence ne vient qu'avec le temps, se dit la mère. En attendant, il faut garder ses distances, diminuer la tentation de l'accouplement par des mesures pratiques. Pour remplacer le grand lit italien, laissé sur son conseil Via Bocco di Leone en tant que cadeau d'adieu à Antonio et Rosalia, elle offre donc au jeune couple le mobilier d'une chambre à coucher avec lits jumeaux, selon la tradition allemande.

En avril 1917, Theo est nommé directeur d'un lycée, à Magdebourg.

— Magdebourg, dit Reinhold Seeberg, ville pleine de socialistes… Ça vous donnera à réfléchir !

Alla Amanda et sa fille prennent le train pour aller voir l'appartement que Theo propose pour sa famille.

— C'est acceptable, juge la belle-mère, sauf qu'il n'y a pas de vue d'aucune fenêtre. Partout des immeubles gris…

— Du balcon, on voit quand même l'Elbe, intervient Theo.

— À condition de tourner la tête vers la gauche. Attention au torticolis !

Ma ne dit rien. Toujours pratique, consciente des réalités quotidiennes, elle calcule où elle va placer différents meubles. La grande table, la vitrine… Son petit bureau de dame…

C'est donc là qu'ils vivront. Brückenstrasse 3, rue des Ponts. Ma y deviendra une femme au foyer, *Hausfrau*, sage et tranquille.

Magdebourg n'est cependant pas une ville de province ordinaire, c'est une ville industrielle et politique où l'on s'oppose à cette Première guerre mondiale que les militaires avaient pensé terminer en quatre mois et qui perdure, où les femmes conductrices de tramways font la grève pour demander — et obtenir — de meilleures conditions de travail, où 30, 40 ou 50 000 personnes se rassemblent quand il s'agit de faire valoir leurs droits.

Ma, l'indépendante exploratrice de Rome, craint parfois de sortir seule. Elle a une bonne, elle pourrait donc se faire accompagner, mais serait-ce bien vu? Une des trente-six associations féminines de la ville s'efforce de faire baisser la journée de travail des domestiques de 12 à 8 heures par jour. Si elle et Lotte, la patronne et la bonne, étaient prises dans une des manifestations... Il faudrait alors se prononcer. Ma a déjà diminué les heures de Lotte, mais se faire entendre devant un public? Elle aurait du mal à le faire.

Theo s'en va tous les matins à son lycée, salue poliment — en leur serrant la main, cérémonie matinale obligatoire — les professeurs monarchistes, communistes, libéraux et socialistes. Pour le moment, il en rit.

— Tu aurais dû les voir, dit-il un soir à sa femme, le Dr Kopisch — les élèves disent *Komisch*[12]—, professeur de religion, le chauve, tu sais, le social-démocrate, et le prof de français, monsieur Jollifous, avec sa moustache à la gauloise, un monarchiste, dans la salle des profs, en train de discuter, journaux à la main, des « émeutes de la faim »! Le premier avec la *Volksstimme* socialiste en

---

12 - Comique.

train de défendre les pauvres, l'autre avec la *Magdeburger Zeitung*, prenant parti pour les riches, la voix montant toujours plus haut...

— Franchement, je trouve répugnant que ceux qui ont de l'argent achètent de quoi se remplir le ventre et accumuler des provisions supplémentaires, alors que ceux qui n'en ont pas...

— Tu es en train de lire Knut Hamsun[13] ?

— Non, juste le journal. Je n'ai pas le temps de lire de gros livres...

Theo a compris. Il se lève :

— Que veux-tu que je fasse ?

— Si tu pouvais aller voir Eva ? Elle ne dort pas encore... Raconte-lui une histoire...

Leur deuxième fille naît en 1918, alors que la première n'a pas tout à fait deux ans.

～

En juillet 1919 se constitue la République de Weimar. En décembre, Theo devient membre du Parti démocrate allemand et se fait élire conseiller municipal. Le DDP est en faveur de la liberté individuelle, de l'égalité des femmes, de la responsabilité sociale, de la séparation de l'État et de l'Église, et se dit prêt à renégocier les conditions du Traité de Versailles.

Et Ma ? Comment se fait-il qu'elle ne se soit pas inscrite au parti social-démocrate, à 20 % féminin et le plus important parti de Magdebourg ? Pourquoi n'est-elle pas devenue membre au moins d'une des trente-six associations de femmes de cette ville politiquement si active ?

13 - Écrivain norvégien, auteur de *La faim*, 1890. Prix Nobel 1920.

C'est qu'elle se croit femme sans qualités et surtout sans savoir. Elle n'a même pas son *Abitur,* le certificat de fin d'études secondaires. Elle préfère ne pas intervenir quand d'autres se prononcent. Parfois elle répète à voix basse une phrase qu'elle vient d'entendre, comme pour la peser.

Elle lit beaucoup mais, comme la plupart des femmes de son temps, elle préfère les romans aux essais philosophiques ou politiques. La cité n'est pas son domaine.

N'aurait-elle pas pu faire du bénévolat? Donner en tant que jeune mère quelques heures à l'association de la Frauenmilch Sammelstelle qui s'occupait des collectes de lait maternel au bénéfice des orphelins? Soigner des soldats blessés pour la Croix-Rouge? Elle qui aimait les légumes et les fruits, n'aurait-elle pas pu trouver sa place dans l'Association des femmes végétariennes? Un jour, elle découvre les préceptes de Sebastian Kneipp, ses cinq piliers de vie saine: l'hydrothérapie, les tisanes et les massages aux huiles essentielles, l'alimentation donnant la préférence aux végétaux crus ou pas trop cuits, l'activité physique, la spiritualité et la détente... Il devait y avoir d'autres adeptes à Magdebourg? N'aurait-elle pas pu suivre un cours du soir dans la toute nouvelle école pour adultes? Faire du sport, peut-être? Du tennis, de l'aviron?

Mais qui se serait alors occupé de ses filles? Le père est souvent à l'extérieur et s'il passe l'après-midi à la maison, il aime qu'elle soit là, qu'elle prenne un café avec lui, une pâtisserie, qu'elle lui parle des enfants ou bien qu'elle soit tout simplement à côté de lui, à tricoter ou à lire comme lui. L'idée de remplacer sa femme auprès des enfants ne lui vient même pas à l'esprit, sauf le dimanche matin, quand il les emmène au jardin botanique ou dans un musée, pendant que sa femme prépare le repas du midi dominical, le meilleur de la semaine.

Certes, Ma a dû rêver de sortir pour une petite heure, d'aller s'asseoir dans un jardin public, au bord du fleuve, de flâner comme à Rome…

Mais ce n'est guère le moment de se balader. Car la révolution gronde. Le 8 novembre 1918, un soldat refuse de fusiller un camarade pour un petit crime quelconque ; un officier de la garnison le tue d'un coup de revolver. C'est le premier mort de la révolution de Magdebourg. Ce soir-là, 25 000 habitants de la ville se rassemblent pour manifester contre la guerre, contre le Kaiser, contre l'injustice sociale qui règne dans le pays.

Le directeur de lycée et son épouse sont-ils allés manifester ? C'est peu probable. Theo fait partie des modérés, Ma a encore des préjugés bourgeois. Il vaut mieux rester tranquillement à la maison, attendre le lendemain pour lire les rapports des journalistes.

∾

Theo est-il satisfait de son existence ? Il est très fier d'être un homme marié capable de faire vivre toute une famille dans un confort satisfaisant. Et les petits bonheurs quotidiens l'enchantent. Un beau sourire, un regard affectueux, Christa qui ne pleure plus la nuit, Eva qui fait des phrases de plus en plus longues et lui tient tête parfois…

Il aimerait voir sa femme plus indépendante de lui, plus engagée politiquement, bref, plus courageuse. Elle écoute, mais ne dit que rarement ce qu'elle pense. Quand elle le fait, on la devine subtile, raisonneuse, ironique aussi, mordante même, madame Voltaire en catimini. Ne pourrait-elle pas sortir de sa cachette ?

∾

C'est bizarre, se dit la vieille dame devant son ordinateur, cet homme qui aurait voulu que sa femme s'exprime
davantage, qui aurait voulu argumenter avec elle, peut-
être même se laisser persuader, mais qui ne savait pas
jouer au mentor, lui tendre la main, offrir son appui. La
provoquer… Il devait avoir peur de réveiller le chat.

∾

La plupart du temps, Theo est content de son travail,
même si la bureaucratie administrative l'ennuie. Mais une
élève qui pose un bouquet de gros dahlias du jardin familial sur son bureau, un collègue qui a lu un de ses livres
et lui pose quelques questions pertinentes, la femme du
concierge qui lui envoie un morceau de gâteau, ce sont de
belles surprises.

Ni à la maison, ni au lycée, on ne questionne son auto-
rité, du moins pas ouvertement. Il a le pouvoir, il n'en
abuse pas, ça marche, mais ça ne le passionne pas. Risque-
t-il de devenir un rond-de-cuir sans envergure?

Il a deux échappées, typiquement mâles d'ailleurs à
cette époque: la politique et l'écriture. Ce qui lui fait trois
métiers, professeur/administrateur, politicien, écrivain,
en plus du rôle de père de famille. Camus publie dans
L'exil et le royaume (1957) une nouvelle sur ce dilemme:
«Jonas ou l'artiste au travail». Peut-on être artiste tout en
participant à la vie des autres, se demande le protagoniste?
Solitaire ou solidaire, comment choisir? Faut-il renoncer à
l'un pour pouvoir faire l'autre?

Theo essaie de combiner les quatre aspects de sa vie.
L'après-midi, le soir, quand il n'a pas de réunion politique,

le cliquetis de sa machine à écrire rappelle à la famille qu'il y a ici un artiste au travail.

— Il faut que j'écrive quotidiennement, dit-il, sinon ça ne vaut rien.

— Ne faites pas de bruit, dit Ma à ses filles, votre père écrit.

Ainsi, elle devient la femme d'un homme très occupé qui s'attend à ce qu'elle prenne la responsabilité du reste.

Ce reste: un enfant qui demande qu'on s'occupe de lui, un mari qui veut la même chose, un deuxième enfant, des commissions à faire, des repas à préparer, un appartement à entretenir — avec l'aide d'une bonne, mais quand même —, de la lessive à laver, rincer et à faire sécher, du linge à repasser, tant de chemises, de caleçons, de mouchoirs, de chemises de nuit, de nappes et de serviettes de table, sans mentionner les draps et les taies d'oreiller, les serviettes de bain et les torchons de cuisine. La poussière qui se met partout, dans les tapis et les rideaux, sur les étagères, dans les livres et derrière les tableaux, sur leurs cadres aussi, la crasse qui se colle aux parois de l'évier, du lavabo, de la baignoire et du siège d'aisances... Les couverts en argent doivent être astiqués régulièrement, le samovar, cadeau de mariage d'une tante, la théière et la cafetière, tous ces objets en métal qui se ternissent, les couvre-pots en cuivre des plantes, les miroirs, les vitres toujours de nouveau sales, le marbre sur la table de la salle à manger, sur la belle commode italienne... Comment une femme, même si elle a une bonne, peut-elle prendre soin de tout cela et de tout ce qui a été omis sur cette liste?

Un jour, Ma, celle qui autrefois faisait danser sur l'Escalier espagnol une jupe couvrant ses longues jambes, éclate en larmes dans le cabinet du docteur Hirsch, pendant que Theo lit un livre dans la salle d'attente. Que peut-elle dire au médecin? Qu'elle est fatiguée? Qu'elle n'a jamais imaginé qu'elle deviendrait, en se mariant, bonne à tout faire, cuisinière, nourrice, confidente et quoi encore? Qu'elle a envie de s'évader au lieu de se sacrifier jour après jour, qu'elle voudrait apprendre quelque chose, faire comme les hommes qui s'en vont le matin pour accomplir un travail important et reviennent le soir se faire accueillir dans un lieu soigné, tranquille, par une femme attentive et des enfants bien élevés?

Le médecin, un homéopathe[14], lui recommande des crudités, des gouttes de valériane, des bains tièdes avant le coucher. Il lui parle des joies de la maternité, de la valeur du dévouement. Il fait entrer Theo dans son bureau, ils échangent des mots aimables et intelligents, pendant qu'elle boutonne ses gants et ajuste la voilette de son chapeau.

L'instinct maternel et les joies de la maternité... De belles paroles, dont Ma ne se contente pas. L'idée de l'instinct lui paraît réfuter toute explication raisonnable. Elle ne comprend pas toujours pourquoi ses enfants s'impatientent. Theo, le pédagogue en résidence, n'a pas toutes les réponses non plus. Il semble toujours vouloir lui tendre des livres, de plus en plus de livres dans lesquels elle pourrait se noyer. Mais quand même, un jour, elle plonge dans *Comment Gertrude instruit ses enfants* de Pestalozzi. Le titre lui avait plu. Le résultat? Marguerite se souvient d'une mère calme qui observe, écoute, s'abstient d'imposer des activités. Il y a eu peu de cris et peu de crises, dans la vie de Ma et de ses enfants.

Son mari? Ma l'estime, l'admire, même si elle doit régulièrement lui essuyer le savon à barbe resté dans ses

---

14 - L'homéopathie, méthode de soins médicaux développée vers la fin du 18ᵉ siècle par un médecin allemand, fait depuis longtemps partie du système de santé allemand, géré par le gouvernement.

oreilles ou bien, l'hiver, rajuster le col de son paletot. Elle apprend beaucoup de lui. Mais elle craint souvent qu'il se rende compte, dans sa sagesse et son savoir, qu'elle ne sait pas grand-chose, pire encore, qu'elle ignore une bonne partie de ce que lui a compris et accumulé dans sa mémoire, cet homme qui a fait des longues études, de grands voyages, est capable de lire plusieurs langues, a acquis des connaissances à ne plus en finir.

Et lui qui sait tant de choses, que sait-il de la vie quotidienne des femmes? Sait-il seulement combien de temps cela prend pour repasser une chemise, enfiler une aiguille, coudre un bouton qui en remplacera un autre, disparu, repriser une chaussette, préparer vingt-et-un bons repas par semaine?

Toujours est-il qu'ils continuent à vivre, à se respecter, à s'aimer dans leurs lits jumeaux de chêne et dans la vie en général. Ma apprend à organiser son temps de façon à avoir des moments pour elle-même, économise sur l'argent du ménage pour s'acheter un appareil photographique et faire imprimer ses clichés qui montrent, bien entendu, des scènes de la vie familiale. Ce qui en existe encore, dans la fameuse boîte étiquetée «Famille», révèle que Ma avait l'œil juste.

Marguerite naît en 1924. Peu après sa naissance et après avoir lu un texte de Colette sur les femmes et leurs cheveux, Ma se fait couper les cheveux à la garçonne. Elle se sent légère en sortant du salon de coiffure où elle s'était fait accompagner par ses deux grandes filles, laissant le bébé à la maison, avec Lotte. Elle danse presque. Elle ne pense pas du tout à l'effet que ses cheveux courts auront sur son mari, si souvent absent, en train de défendre la politique culturelle de la DDP au Parlement prussien de la République de Weimar.

Ravies de voir leur mère épouser une nouvelle mode, Eva et Christa exigent qu'on aille fêter l'événement dans une pâtisserie. Les dépenses s'accumulent, mais Ma est trop heureuse pour y penser longuement. Le trio rentre en tramway, les filles sont fières de leur mère, objet de l'attention des autres passagers.

— Regarde ses cheveux, crient-elles en apercevant Theo, rentré plus tôt que d'habitude. Regarde!

Theo a déjà vu, à son chagrin. Et Ma a vu qu'il n'est pas content.

Au lit, ce soir-là, elle lui lit quelques lignes dans lesquelles Colette voit l'homme, à cheval, attrapant en passant une belle jeune femme par sa chevelure... Mais Theo n'est pas impressionné. Elle a beau flirter avec lui, il résiste, ferme les yeux, proclame qu'il ne les ouvrira pas. Elle gagne évidemment, il finit par lui dire qu'elle est capable de le rendre complètement fou et qu'elle est belle, malgré ses cheveux courts.

Mais finis les cheveux épars sur les blancs oreillers des lits matrimoniaux. Il va falloir s'habituer à admirer le profil un peu sévère d'une femme en train de changer.

∾

Avant de quitter Rome et en laissant toute la responsabilité du déménagement à sa femme enceinte, Theo avait réussi à terminer le recueil de nouvelles *Lachendes liebendes Rom*. Après la guerre, il publiera ce recueil à la suite de deux autres, *Kwabla* et *Der Weg zurück* (Le chemin du retour), retraçant en trois volumes son chemin allant de l'adolescence au mariage et au bonheur de la vie à l'italienne.

Magdebourg n'apparaîtra dans son écriture qu'en 1937, dans *Das Licht und sein Schatten*. Quel est l'auteur qui ne mélange pas fiction et autobiographie? Il s'agit dans ce roman nettement autobiographique d'un couple bourgeois. Le mari est fonctionnaire, l'épouse, une femme au foyer. Au grand plaisir du père, les enfants, deux filles, observent les adultes avec curiosité. Le mari ne reste pas insensible aux femmes qu'il rencontre. Sa femme, sorte d'Emma Bovary sans les extravagances de celle-ci, est tentée de s'évader avec un autre homme. Elle y renonce, non pas parce que son mari la retient — il refuse de le faire, continue à lui dire que c'est à elle de prendre la décision — mais parce qu'elle se sent retenue par ses obligations vis-à-vis de sa famille.

Une très belle scène montre le couple errant sur l'eau gelée de l'Elbe, l'épouse se noyant presque, la glace ayant fondu par endroits. Elle mourra quelques semaines après la naissance d'une troisième fille.

L'écrivain a-t-il fait mourir cette femme pour pouvoir laisser son protagoniste poursuivre une vie moins terne? Rien ne l'indique. A-t-il tout simplement voulu terminer le roman d'une façon ou d'une autre? Laisse-t-il le lecteur libre d'imaginer une suite? Voilà une question que la vieille dame aurait aimé poser à son père, mais celui-ci est mort avant qu'elle ne se mette à vraiment écrire elle aussi.

Que d'occasions manquées, se dit-elle parfois. Le grand-père aux mirabelles... Les grand-mères restées plus ou moins inconnues... La mère si souvent silencieuse... Drôle de vie, drôle de famille... Tant de blancs... tant de vides...

Elle pense encore à la scène sur l'Elbe. C'est le soir, le brouillard enveloppe et parfois sépare les deux personnages. S'agit-il seulement d'un drame conjugal ou bien y a-t-il ici un sous-texte plus général, rappelant — dans le brouillard! — combien il est difficile de se voir, de s'entendre même avec ses proches? Toute interprétation est possible.

Dans son roman, Theo ne parle ni de politique, ni d'argent. Pourtant, la politique occupe une grande place dans sa vie réelle et le cours du mark s'effondre, l'inflation allemande se déclenche, se transforme en hyperinflation. Les prix doublent toutes les 49 heures, Ma doit faire des miracles pour nourrir la famille. En 1921 un pain coûtait 3,90 marks, en novembre 1923, il en coûte 1 743 000 000[15].

Comment se fait-il que Theo ne parle pas de cette inflation dans un roman se déroulant en 1923 ? Veut-il montrer que l'argent n'a pas tant d'importance dans la vie d'un couple aisé ? Il ne parle pas non plus de la vie politique mouvementée de l'époque. Veut-il en bon fonctionnaire rester neutre ?

Or, depuis 1912, l'année de son mariage avec Ma, Theo avait dû subir les moqueries dédaigneuses de la famille Seeberg. Était-il digne de sa femme, digne d'être le beau-fils d'un vénérable *Geheimrat* ? Offrait-il à Ma la vie qui lui revenait de naissance ? Enseignant au niveau secondaire, qu'était-il en comparaison avec ceux qui professaient leur savoir du haut des cathèdres universitaires ? Gagnait-il seulement assez d'argent pour subvenir aux besoins de sa famille ? Et que dire de ses idées politiques ?

Reinhold Seeberg avait le 8 juillet 1915, alors que Theo et Ma étaient encore à Rome, fait paraître un manifeste : le recours aux lettres ouvertes collectives était à cette époque devenu le moyen de mobiliser la communauté intellectuelle internationale. Le théologien expliquait dans son appel la nécessité pour l'Allemagne, pays qu'il promeut au premier rang des sciences et de la culture, d'annexer des territoires dans l'Est — sans doute les pays baltes — pour

---

15 - Marc, S. und G. Stuckert, *Nationalsozialismus und Zweiter Weltkrieg*, PB-Verlag, 1998.

les protéger des «barbares» russes. Son texte, qui allait devenir la *Seeberg-Adresse* dans de futurs livres d'histoire, fut signé par 1 347 représentants de l'élite intellectuelle allemande, dont 352 professeurs d'université. Theo, à qui le professeur avait fait parvenir le document de nature pangermaniste et militariste dans la valise diplomatique, refusa d'y apposer sa signature.

À vrai dire, «refusa» ne décrit pas sa réaction à la réception du manifeste : il regagna à la hâte l'appartement de la Via Bocca de Leone où l'attendait un *risotto ai funghi* délicieux et une salade d'endives, grimpa en courant l'escalier et jeta le document aux pieds de Ma.

— Nom d'une pipe, cria-t-il pour une fois et avant même qu'elle ait pu comprendre de quoi il s'agissait, que veux-tu que je fasse de ce torche-cul ? Tu peux le dire à ton célèbre père, jamais je ne signerai de telles bêtises !

Ma le regarda de son regard arrogant à faire fuir le pire des hommes :

— Je ne dirai rien à mon père. Tu crois qu'il a tort ? Aie donc le courage de le lui expliquer par écrit. Et, Theo, nul besoin de vulgarité.

Elle feuilleta le document et conclut :

— Je ne suis que sa fille. Je ne me mêlerai pas de vos affaires d'hommes. Et calme-toi. Mange. Le risotto est encore chaud.

Puis elle sortit s'acheter une glace, en bas, à la Piazza di Spagna.

Theo n'écrivit pas à son beau-père mais ne porta pas non plus son opposition au point de signer le contre-manifeste qu'il reçut quelques jours plus tard et qui, faute de temps, n'allait être signé que par 141 signataires dont Max Planck, Adolf von Harnack et Albert Einstein. Ce dernier remarqua dans une lettre à Romain Rolland : «Depuis les huit derniers mois, les savants européens se comportent comme si on leur avait amputé le cerveau »[16].

Amputé du cerveau ? Seeberg devient en 1919 recteur de la Friedrich-Wilhelms-Universität. Il se positionne comme le défenseur de la culture allemande. Socialisme, matérialisme, démocratisme et individualisme, principes que son beau-fils défend, sont pour lui les ennemis de toute vraie culture et du progrès intellectuel. Le théologien croit ces principes inspirés par les Juifs, voit la judéité comme une puissance internationale, destructive sur le plan culturel[17]. Rares sont les étudiants qui lui posent des questions. Et personne, dans la famille, n'ose le contredire. Son fils Erich le croit sur parole, ses filles n'ont pas l'habitude de se prononcer sur ce qu'il a à dire.

Sa femme, Alla Amanda, adhérente à la Science chrétienne, lit régulièrement le *Christian Science Monitor* dont la devise est de ne blesser aucun homme mais de bénir l'humanité. Quand le couple s'emporte dans ses discussions à la fois polies et véhémentes, lui qualifie la Science chrétienne de secte simpliste sans credo ni clergé, elle accuse son mari d'avoir la phobie du judaïsme.

Dans son discours « Antisemitismus, Judentum und Kirche », prononcé en 1922 devant le comité central de la Innere Mission, le père de Martha déclara les Juifs ennemis de tout progrès intellectuel. En bon chrétien, il se prononça contre la violence physique, dit regretter la profanation des cimetières juifs. En somme, conclut-il, son antisémitisme était purement culturel.

16 - Christophe Pourchasson et Annie Rasmussen, *Les intellectuels et la Première guerre mondiale, 1910-1920,* Paris, Les Découvertes, 1996, p. 204.

17 - Voir Christian Nottmeier, « Theologie und Politik in der ersten deutschen Demokratie: Adolf von Harnack und Reinhold Seeberg », dans *Gesprächskreis Geschichte, Friedrich Ebert Stiftung,* Heft 66, p. 19-57.

Que la jeune génération ait commencé à arborer la croix gammée lui paraissait une simple mode, mais aussi le signal de la possibilité d'un meilleur avenir. Dans son désir de voir la nation allemande reconquérir sa force, perdue par la guerre et le traité de Versailles, Seeberg proposa pour le peuple, *das Volk* — oh! que la vieille dame déteste ce mot! — des concepts d'hygiène, de santé et d'eugénique, cette science qu'embrassera Hitler pour justifier en premier la stérilisation et le meurtre des malades mentaux, puis le génocide à venir.

∾

Magdebourg est à 147 km de Berlin. Theo prend régulièrement le train pour se rendre dans la capitale. Ma fait très rarement le voyage; Alla Amanda ne l'invite que quand le père est absent, occupé à faire un de ses discours patriotiques dans une autre ville. Et pour une mère de trois enfants il est difficile de s'absenter, ne serait-ce que pour vingt-quatre heures.

Elle se tourmente: Qui a raison, son père ou son mari? Trahit-elle son père en parlant politique avec Theo? Ou bien Theo, quand elle écrit un gentil petit mot à son père? Doit-elle défendre Theo contre les moqueries du théologien ou bien défendre à Theo de se moquer des idées de celui-ci? Et surtout que faut-il penser de l'antisémitisme de son père?

Pour une fois, Ma se mêle d'affaires publiques. Elle va à la synagogue de Magdebourg, se présente au rabbin. Femme d'un membre du DDP, fille d'un antisémite de renom, elle a besoin de comprendre les deux. Pour son mari, c'est fait; elle respecte ses principes. Quant à son père, elle a des doutes. Pourquoi ne pas commencer par apprendre ce qui est arrivé aux Juifs dans la ville qu'elle habite?

L'homme lui fait un cours rapide en douze points. Pas difficile d'ailleurs, dit-il, c'est tellement répétitif.

L'an 957, arrivée des Juifs, à Magdebourg. Tueries au temps des croisades. En 1146, retour des survivants. Leur village est aussitôt pillé et détruit. Cent ans plus tard, ils le reconstruisent. Au 13ᵉ siècle un évêque incite la population à les voler. Au 14ᵉ siècle, on les accuse d'être la cause d'une forte mortalité, au 16ᵉ on les expulse tous. Le village juif devient Mariendorf, la synagogue une Marienkapelle. Au 18ᵉ siècle, ils reviennent, le temps de se faire interdire le séjour.

C'est en 1807 que les Juifs de Magdebourg obtiennent les droits de citoyenneté ; ils sont presque 2 000 en 1900. Trente-six soldats juifs, citoyens allemands de Magdebourg, se font tuer durant la Grande Guerre.

Ma est horrifiée, se sent coupable, ne sait que dire.

— Extraordinaire, balbutie-t-elle.

— Extraordinaire ? dit le rabbin, oui et non. Cela a été pareil partout.

— Mais pourquoi ?

— Ah ! Si je connaissais la réponse…

Ma rentre chez elle, se demande si son père, cet homme intelligent qu'elle aime, aurait la réponse.

— Il faut que j'aille à Berlin, dit-elle à Theo, il faut que j'en parle à mon père.

— Ça ne vaut pas le billet de train ni ton temps, lui répond-il. Ton père connaît l'histoire. Il n'aime pas les Juifs, c'est tout.

Ma s'entête. Un vendredi, jour où le professeur reçoit des étudiants, elle prend le premier train pour Berlin, se rend à l'université, frappe à la porte du bureau de son père, s'assoit face à lui.

— Les Juifs, lui dit-elle.…

— …Oui ?

— Je ne comprends pas pourquoi tu leur en veux.

— Je ne leur en veux pas, je les crains.

— Qu'est-ce qu'ils t'ont fait ?

— À moi, rien. À l'Allemagne… Ils risquent de détruire notre culture…

— Voyons, Papa. Ils ne représentent qu'un pour cent de la population.

— C'est un danger grandissant…

— Je ne te savais pas si pessimiste.

— Tu devrais lire mon discours de 1922…

— Je l'ai déjà lu.

— Relis-le, Martha. Tiens, prends une autre copie. On en parlera. Ton cœur de femme…

— Qu'est-ce que mon cœur vient faire là-dedans ?

— Tu es parfois trop émotive… Prends ton temps… Tu rentres cet après-midi ? Tu le liras dans le train. Là, il faut que je…

L'audience est terminée. Il n'y aura pas de discussion. Le professeur a de plus importantes choses à faire.

Dans le métro qu'elle prend pour aller dire bonjour à sa mère, Ma déchiquette le discours de son père. À la belle station du Wittenberg Platz, elle jette les morceaux dans le premier panier qu'elle voit.

Dorénavant, à Magdebourg, elle tâchera de faire ses emplettes dans des magasins juifs. Elle découvre un cordonnier juif, une couturière, un dentiste et un pédiatre juifs. Mais elle continue à se sentir déchirée entre son mari et son père.

Parenthèse

Je pourrais l'effacer, cette histoire, nier l'existence du fier chevalier balte aux cheveux blancs et aux yeux bleus, ou bien le faire mourir avant même la Première guerre, innocent comme l'autre grand-père, le petit missionnaire trapu, l'antiesclavagiste. Heureusement, du côté paternel, ça va! Enterrer le savant Reinhold dans les dunes d'Ahrenshoop, le rayer de mon histoire. Ne jamais parler de lui, ne pas écrire une seule ligne à son sujet. Ignorer qu'il fut un de ceux qui ont suscité le chaos qui allait engloutir l'Allemagne. Dire que Ma naquit Schmidt, Grosskopf ou Klutentreter, mais pas Seeberg.

J'aurais voulu prouver qu'aucun membre de ma famille ne participa aux crimes commis. Cela n'a pas été possible.

Les liens familiaux et les opinions personnelles, quels misérables conflits! Se détacher de ce qui nous est proche, aimer moins, ne plus aimer, comment faire? Encore heureux que ce soit le passé, conclut la vieille dame. Il est mort, ce grand-père, je ne suis pas obligée d'aller me battre avec lui.

Mais l'oublier? Non. Je ne pourrais pas. J'aurais tout le temps peur que quelqu'un découvre le mensonge. Sur Internet, plus de 41 000 entrées parlent de Reinhold Seeberg. Chaque fois qu'un Canadien me poserait sa maudite question sur mes origines, je tomberais par terre, je deviendrais muette à force de vouloir taire ce qu'il pensait, mon beau grand-père, ce savant dont la *Dogmengeschichte* en plusieurs volumes sert encore en 2008 de manuel dans les départements de théologie des universités du monde. Et je me déteste parce que je ne peux m'empêcher d'en être fière.

Je me sens impuissante. J'ai voulu savoir et maintenant que je sais, je suis malheureuse.

Longtemps mon grand-père m'a semblé un surhomme et tout à coup, je lui vois un défaut. Pire qu'un défaut. Une défaillance intellectuelle. Reinhold Seeberg, savant de renom, a fait une erreur, s'est trompé en se faisant antisémite.

Quand j'en parle à mes amis, ils me disent qu'il y en avait d'autres, qu'il y avait toujours, qu'il y a encore des anti-sémites. Partout.

Oui, mais celui-ci était mon grand-père. Pour moi, son histoire n'est pas un exemple théorique, sans rapport avec ma réalité. C'est bien plus qu'une belle image que je découvre laide. Je me sens prise, coincée, ébranlée par un dilemme familial, le même que ma mère a connu.

En me parlant de son père, à lui, Theo m'a appris qu'on peut se tromper tant qu'on ne fait pas de mal aux autres. Mais Reinhold Seeberg — pur et doux selon son prénom[18] — a contribué à la catastrophe nazie. Et j'en ai honte.

Comment un type aussi intelligent a-t-il pu craindre qu'un seul pour cent de la population mette en danger la culture

---

18 - En allemand, *rein* signifie *pur*, *hold* signifie *doux*.

de tout un pays? Ce n'est même pas logique. Comment un chrétien a-t-il pu croire en la supériorité d'un seul peuple, d'une seule culture? Comment a-t-il pu épouser les théories de l'inégalité des races humaines d'un Gobineau?

La vieille dame se creuse la tête. L'idée qu'il pourrait s'agir d'un gène défectueux qu'elle traînerait quelque part dans son propre organisme l'effleure. Elle la rejette vite, aussi vite que Ma avait mis au panier l'erroné discours du professeur.

A-t-elle tort de se tourmenter ainsi? Non. Son grand-père, un malfaisant. Son pays, un pays coupable. Elle doit l'admettre, joindre ceux et celles de son époque qui le disent à voix haute, pour que les générations futures puissent, un soir, dans la pénombre, sans se sentir saisies par ce sentiment de culpabilité collective, mentionner les musiciens, philosophes, savants et tous les autres Allemands dignes de ne pas être effacés de la mémoire humaine.

Elle va dans son salon, ouvre la porte vitrée de la petite bibliothèque achetée sur la rue Queen pour abriter les classiques, Goethe, Schiller, Fontane, Brecht. Elle sort le 6e volume des *Œuvres complètes* de Thomas Mann[19], celui qui contient *Doktor Faustus,* roman dans lequel Thomas Mann se demande comment la brutalité et la créativité peuvent coexister dans un même pays. Un petit ruban jaune d'or marque la page 651 qu'elle veut relire, celle où Mann évoque les habitants de Weimar qu'un général américain força, en 1945, de défiler devant les fours crématoires de Buchenwald.

Le général prononce ces *Bürger* coupables de l'horreur qu'il les oblige de regarder, même si durant des années et en tout honneur, ils ne se sont occupés que de leurs affaires

---

19 - Thomas Mann, *Gesammelte Werke,* 10 volumes, Berlin, Aufbau Verlag, 1956.

sans rien vouloir savoir d'autre, alors que le vent remplissait leurs nez de l'odeur de la chair humaine brûlée.

Weimar, ville de Goethe et de Buchenwald. Ville du poète humaniste et du meurtrier tortionnaire. L'oxymoron par excellence.

Cinquante ans plus tard, Marguerite est elle aussi allée à Buchenwald. De son propre chef. En 1995, lors d'un voyage d'été en Allemagne quand tout à coup, elle s'est sentie prête à faire ce pèlerinage. Plus tard, elle en fait le rapport dans un texte appelé « Buchenwald », publié dans un de ses recueils de nouvelles[20].

Ce soir, après avoir relu les deux pages de Mann cristallisant les contradictions de la misère allemande, elle se relit. Sa perspective a-t-elle changé depuis la découverte du grand-père faillible ? « Je porte le crime en moi, écrit-elle dans sa nouvelle, celui des autres, la possibilité du mien. » Le crime des autres ? La possibilité du sien ? Elle ne mentionne pas le grand-père. Elle ne le connaît pas encore en tant que porteur de virus. C'est en comprenant sa propre responsabilité qu'elle a pris la décision d'affronter… quoi ? « Les monstres d'un autre temps ? Non, moi-même plutôt, le monstre qui m'habite, que je réprime quotidiennement, cet être allemand de mauvaise renommée. »

Dans son texte, elle met la belle Allemagne aux fugues, cathédrales, contes de fée et grands penseurs en contraste avec celle des nazis avec ses barbelés, ses wagons à bestiaux et ses chambres à gaz. Elle en fait un drame strictement individuel, entre un individu et son pays.

En relisant la nouvelle, la vieille dame remarque que les mots *recul* et *reculer* y apparaissent plusieurs fois. La femme de son texte a peur, physiquement peur de ce qu'elle va découvrir. Plus son train approche de Weimar,

---

20 - *Les crus de l'Esplanade*, Sudbury, Prise de parole, 1998.

plus elle a mal au ventre. Mais « il n'y a plus moyen de reculer. » Il faut aller voir « cet univers de la douleur », le camp de Buchenwald.

À un moment de sa visite, elle se trouve dans une petite salle souterraine. Quarante crochets y sont cimentés en haut des murs. L'horreur la submerge alors, le cauchemar l'emporte :

C'est moi qui suis dans cette pièce dont le sol est jonché de cadavres sur lesquels je dois me tenir debout. Je tressaille, je veux sortir d'ici, j'affirme mon innocence, quarante visages se tournent vers moi, leurs corps d'hommes, de femmes, d'enfants sont accrochés tels des côtés de bœuf dans une boucherie, un abattoir, le sang coule, je dois vomir.

À cette lecture, la vieille dame dans son appartement torontois est de nouveau, bien que brièvement cette fois-ci, saisie des maux qui l'ont tourmentée à Buchenwald où l'on a tué cinquante-six mille hommes, femmes et enfants de toutes les nationalités, origines, religions, convictions.

Elle voit avec satisfaction la conclusion à laquelle sa protagoniste arrive : « Non… je n'irai pas revoir la grande maison de Goethe, ni son pavillon de campagne. Je n'ai pas le temps d'admirer le génie allemand, sa poésie. »

L'écrivaine en elle se demande si au lieu du mot *temps* elle n'aurait pas dû employer le mot *envie*. Mais il est trop tard pour changer quoi que ce soit. Le livre est sorti, les jeux sont faits. Et, compte tenu de l'état peu satisfaisant de la littérature de l'Ontario français, une réédition semble improbable.

Elle remarque une coquille. Alors qu'elle prend à la gare de Weimar un autobus qui fera les huit kilomètres jusqu'au camp de Buchenwald, elle rencontre deux Anglais. À la fin du texte, elle en fait des Hollandais. Cauchemar d'écrivain ! C'est grave ! Elle se rappelle qu'en rédigeant son texte, elle avait hésité au sujet de la nationalité de ses deux interlocuteurs. Et la réviseure n'y a rien vu non plus ! Il va falloir faire attention si jamais il y avait une lecture publique de ce texte, une inclusion dans une anthologie.

Autre chose ? Un écrivain a du mal à ne pas ajouter une virgule ou un adjectif, enlever un adverbe par-ci, par-là.

Elle pourrait essayer de réécrire le texte dans sa totalité, maintenant qu'elle est au courant de l'antisémitisme de son grand-père. Inventer un discours entre lui et sa petite-fille, par exemple. Mais en a-t-elle envie ? En a-t-elle le temps ? Pas pour le moment.

Berlin

1927. THEO, depuis 1924 membre du Reichsbanner Schwarz-Rot-Gold, organisme de défense civique contre la croix gammée et l'étoile soviétique fondé en 1925 à Magdebourg, lutte quotidiennement contre des forces de droite dans les écoles. En mai 1927, un journal de la ville parle d'un fait divers qui l'implique.

Politique durant un service religieux
Un directeur libéral de gauche d'un lycée pour jeunes filles de notre ville s'est rendu coupable d'un déraillement de la pire catégorie. Lundi dernier, il a dans l'amphithéâtre de l'établissement, devant les enseignants et les élèves assemblés, et ceci à la fin d'un service religieux, annoncé un règlement de notre ministère de l'Éducation, règlement qui interdit la présence de la croix gammée à l'intérieur des écoles. Nous ne discuterons pas de ce règlement ici. Mais nous désirons parler du fait que ce directeur ne l'a pas annoncé de manière convenable, a ignoré une ordonnance de notre gouvernement laquelle exige des écoles le respect de toute adhérence politique. Au contraire, il s'est laissé aller à de graves insultes de tous ceux qui ne pensent comme lui, a qualifié d'ânes tous ceux, jeunes et vieux, qui ne partagent pas ses opinions politiques. Il est

inouï qu'un directeur d'école utilise son poste pour insulter parents, professeurs et élèves et fasse de l'école un porte-voix politique. Il est à souhaiter que les autorités scolaires remettent ce monsieur de façon claire et simple à sa place.

Le lendemain, Theo reçoit une lettre anonyme:

Monsieur Bohner,

Faites attention que les grands et petits ânes ne vous octroient pas quelques bons coups de pieds au derrière qui vous seraient bien dus après votre lamentable performance,

Vous n'êtes qu'une misérable vadrouille, vous qui n'avez obtenu qu'à genoux et par la grâce impériale ce poste que vous utilisez maintenant pour le malheur de la patrie et pour empoisonner la jeunesse allemande.

Pouah! Quel pauvre type sans patrie!

La lettre n'est pas signée. Elle porte en guise de salutation une croix gammée mal dessinée, avec les crochets dans le mauvais sens.

Marguerite conserve les deux documents fièrement dans la précieuse boîte marquée «Famille». Son père n'était peut-être pas un héros mais, certes, il n'était pas national-socialiste.

En 1928, Theo est promu au ministère de l'Éducation; le couple et leurs trois enfants s'installent à Berlin, ville de quatre millions d'habitants, dont 170 000 Juifs, et 50 000 Russes parmi 150 000 étrangers, ville en compétition intellectuelle et artistique avec Paris. Ma est ravie.

Kulmbacherstrasse 8. Un immeuble fin 19e siècle. Un appartement immense, plafonds hauts ornés de moulures. Un espace de plus de 400 mètres carrés, comme il y en a encore aujourd'hui à Berlin.

∾

Ma mère, se dit la vieille dame, possédait vraiment un sens de l'esthétique très développé! Où que la vie ait entraîné notre famille, elle a toujours su faire pour que la beauté des espaces soit devant nous.

∾

Au 4e étage, Ma et ses trois filles attendent les déménageurs. Les deux grandes, douze et dix ans, placent des feuilles de papier dans chaque pièce; un gros titre en nomme le futur occupant, des dessins indiquent l'emplacement des meubles. Marguerite, ramenée de son aventure avec les enfants aux lunettes d'aviateur par Theo, reste accrochée à la main de sa mère.

La porte d'entrée de l'appartement s'ouvre sur un foyer avec vestiaire et une toilette. À droite, il y a la pièce qui deviendra le salon de Ma, agrandie par une alcôve vitrée que forme l'angle du bâtiment; il y a le cabinet de travail de Theo, sa chambre et sa salle de bains. Entre ces pièces et les autres, il y a une grande salle appelée *Berliner Zimmer* qui fait la liaison entre les pièces donnant sur la rue et celles donnant sur une cour intérieure. Cette disposition, qui n'existe qu'à Berlin, est due à l'ingéniosité de l'architecte Edouard Knoblauch, le même qui, entre 1859 et 1866, construisit à Berlin la «Nouvelle synagogue» de style néo-byzantin, un riche édifice assez extraordinaire qui fut épargné en partie durant la Nuit de cristal de 1938 mais gravement endommagé dans la nuit du 23 novembre 1943, lors d'une attaque aérienne par la Royal Air Force.

Ma a décidé que le *Berliner Zimmer* sera la salle à manger familiale. Les enfants s'y tiendront bien. Finalement, la table de marbre aura trouvé une place appropriée à sa beauté romaine.

Elle voit grand aussi. Quand elle mettra trois rallonges, la table deviendra ovale et vingt-quatre personnes pourront alors aisément s'asseoir autour d'elle. Superbe. Elle donnera des réceptions, invitera des gens intéressants à dîner. Ma a soif de connaissances, de culture et de plaisir aussi. Tant pis si elle ne possède que huit chaises allant avec cette table. Elle en louera. Dans une ville comme Berlin, on peut tout louer, même des meubles de style.

La pièce est un peu sombre, elle n'a qu'une seule fenêtre donnant sur la cour. La petite Marguerite, quatre ans, avance à petits pas en regardant de tous les côtés. Elle ne lâche pas la main de Ma, tire pour que sa mère la suive. On ne sait jamais qui pourrait se cacher dans un coin. Ce matin même, ses sœurs lui ont dit que Berlin était une ville dangereuse, remplie de sales mendiants. Puis elles ont refusé de lui en montrer un, même par la fenêtre. Et quand elle a dit qu'elle s'adresserait à sa mère, elles ont poussé des cris d'horreur, disant que leur mère serait capable d'inviter un, deux, ou même trois de ces mendiants à monter chez eux, que Marguerite serait peut-être obligée de leur donner sa chambre… Bref, ça angoissait la petite. Ma était en effet capable de faire des choses surprenantes, comme quand elle avait, sans savoir nager, sauvé des gens qui se noyaient.

Dans l'espoir de se faire rassurer, Marguerite lui a raconté ce que les grandes avaient dit; mais Ma a tout simplement ri en parlant d'imagination débordante et lui a demandé de finir sa tasse de cacao. Elle lui a conseillé de ne pas écouter ses sœurs.

Pour cette salle à manger, elle avait, à Magdebourg encore, dessiné puis commandé chez un ébéniste berlinois un buffet en acajou. Déjà livré, il occupait un grand espace. Ma ouvrit toutes les portes de ce meuble imposant, faisant voir à Marguerite où elle mettrait quoi.

— Les plats et les grandes assiettes ici, les tasses à thé et à café sur les côtés.

— On a beaucoup de belles choses. À Magdebourg...

Ma n'a pas trop envie de parler de Magdebourg

— Tu vois ces tiroirs tapissés de feutre ? Ils sont pour les couverts en argent.

— Ça va être joli.

— Il faut de l'ordre, dit-la mère. *Ordnung muss sein.*

Marguerite se dit qu'à bien réfléchir Ma n'aimerait pas héberger de sales mendiants. Où mettraient-ils leurs affaires ?

La salle à manger ouvrait sur un couloir presque interminable. Eva l'a mesuré. Dix-huit pas de ses grandes jambes, ça fait dix-huit mètres. Le long du couloir, il y a trois chambres à coucher qu'occuperont Ma, les deux grandes et puis Marguerite qui aura un deuxième lit dans sa chambre si jamais quelqu'un de la famille ou une amie désirait prolonger sa visite, ou si la bonne d'enfant, qui ne viendrait habituellement que pour une demi-journée, devait rester plus longtemps.

Avant d'arriver à la cuisine, il y a encore une grande salle de bain, une chambre de bonne et une toilette. Une porte de la cuisine donne accès à l'escalier de service.

— Qu'est-ce que c'est, un escalier de service, demande Marguerite.

— C'est pour les domestiques et les livreurs...

— ...

— Ceux qui nous apporteront les sacs de pommes de terre, par exemple, ou le vin.

Marguerite va regarder :

— Mais il n'y a pas d'ascenseur ici et une caisse de vin, ça doit être lourd. À l'avant...

Ma lève les yeux au ciel :

— Tu as raison. Ce n'est pas juste. Mais c'est comme ça.

Elle sourit. Il va falloir qu'elle rapporte cet échange à Theo. Il sera fier de sa petite socialiste.

Vraiment, il y a dans cet appartement de quoi oublier l'étroitesse de celui de Magdebourg, les parents Seeberg n'auront plus rien à redire. Ma se sent à sa place. Elle connaît Berlin, où son père enseigne depuis 1898. Elle avait l'âge d'Eva quand elle est arrivée dans cette ville qu'elle considère la sienne. C'est ici qu'elle a grandi, c'est ici que ses filles grandiront. Elles iront à l'école ici, à l'université. Comme les hommes. Elle y veillera. À Berlin, Ma prend de l'élan.

∾

En ce qui concerne sa famille, Reinhold Seeberg ne se croit pas chanceux. Sa femme, membre d'une secte. Un premier beau-fils gauchisant, un deuxième sans le sou.

En effet, l'armistice a terminé la carrière de Hans von Benda ; c'est en jouant du violon dans des cinémas que l'ancien officier, l'aristocrate, a nourri sa famille durant les premières années de l'après-guerre.

— Qu'est-ce qu'il va devenir, le grand peuple allemand, se demande le vieux professeur dans un accès de pessimisme.

En plus, continue-t-il, le couple a eu trois enfants, trois bébés l'un après l'autre, mignons, oui, mais voilà que leur mère est exténuée, malade... Et que lui donnent les médecins, probablement des Juifs ? De la morphine !

Alla Amanda parle d'Ahrenshoop, peut-être que Maria s'y reprendrait en main. Mais lui-même, n'a-t-il pas besoin d'y aller pour se reposer, réfléchir, écrire, pour respirer l'air de sa mer Baltique tant aimée ? Il ne pourrait pas partager cette maison avec trois enfants, mignons ou pas, et leur mère malade ! Après tout c'est une adulte, elle n'a qu'à se contrôler, qu'elle accompagne son mari au piano, dans les cinémas, n'importe où, c'est à son mari de lui remonter le moral, pas à son père. Alla Amanda et lui ont eux aussi connu des années difficiles après avoir quitté l'Estonie, leurs parents ne les ont pas aidés. Qu'est-ce qu'ils ont donc, ces jeunes, à vouloir se réfugier chez leurs aînés ?

Theo, il faut l'admettre, ne demande jamais qu'on l'aide. Même quand Martha s'est presque amputée du pouce de la main gauche avec un couteau de cuisine, le bonhomme s'est débrouillé tout seul. Mais que faisait-elle donc dans la cuisine, bon Dieu ? C'est clair, son mari ne gagnait pas assez d'argent pour engager du personnel compétent.

Mais somme toute, ce Bohner n'est pas si important que cela. C'est un dilettante, un intrus dans une famille représentant les hautes valeurs, quelqu'un qui se croit intelligent et progressif, mais qui est incapable de reconnaître que les principes de la République de Weimar, ces dangereux principes d'origine juive, finiront par détruire le patrimoine culturel allemand. Les Juifs ne sont pas si nombreux que cela dans le pays ? C'est vrai, mais ils le sont à Berlin, où il y a de quoi se sentir envahi par eux.

Les filles ? Martha et Maria ? Quand il les voit, ce qui est rare, il pense aux gentilles petites filles obéissantes qu'elles étaient autrefois. L'une, morphinomane, lui fait pitié. L'autre, par contre, fidèle disciple de Theo, lui fait peur, pour elle-même, pour ses enfants. Il n'y a qu'Erich, le futur théologien de la famille, qui suit un droit chemin.

∾

La *Frau Geheimrat* est venue inspecter la nouvelle demeure de sa fille. Martha en a profité pour la photographier sur le balcon, avec les enfants. Sa mère a donné quelques conseils, s'est étonnée devant les meubles «si peu allemands». Pas de chêne, rien que de l'acajou ou du noyer, beaucoup de courbes, de rondeurs. Ce sont des meubles anciens que Ma et Theo ont rapportés d'Italie et que la vieille dame, qui n'avait jamais voulu faire le voyage ni à Rome ni à Magdebourg, ne connaissait pas encore.

— Tous ces tableaux catholiques! Une Madone, une sainte Agnès, un saint Jean, si je ne me trompe… Tu ne vas pas te convertir, au moins?

— Maman, ça n'a rien à voir avec la religion. Ce sont, crois-moi, de beaux tableaux du 16e siècle.

— Et ce long banc que Theo a dans son bureau, d'où sort-il?

— Ça a dû être un banc dans l'anti-chambre d'un évêque ou d'un cardinal, nous l'avons trouvé chez un antiquaire, à Venise. Deux enfants peuvent s'y allonger, tête à tête. Elles adorent ça.

— Tu leur fais enlever leurs chaussures, au moins?

Ma explique que la soie bleu marine à fines rayures rouges et grises qui recouvre le siège en question vient de Lyon et peut résister à tout, même aux chaussures d'enfant, mais sa mère passe déjà à autre chose. Elle s'étonne que le couple fasse maintenant chambre à part. Ma se confie: elle ronfle, hélas, et Theo, qui travaille tard, doit pouvoir bien dormir quand finalement il se couche.

Bon, bon, dit la mère, mais… comment vous allez… Enfin, peut-être que trois… Puis elle s'arrête, elle n'a pas l'intention de discuter de choses aussi intimes avec sa fille.

Par contre, il n'y a pas moyen de ne pas parler de Maria, du divorce qui s'annonce. De quoi Maria va-t-elle vivre ? Où va-t-elle vivre ? Et qui va prendre soin des enfants ? On ne peut vraiment pas faire confiance à leur mère qui ne cherche qu'à se droguer. Il va falloir que Hans les prenne, ces enfants-là… Ma éclate :

— Falloir, falloir… Il va falloir trouver un sanatorium, un médecin capable de guérir la pauvre, un psychanalyste… Trois enfants, un par année !

— C'est ce qui m'est arrivé.

— Oui, mais tu avais des domestiques. Maria n'a jamais eu personne.

— Je me demande si du côté de Hans…

— Oh, dit Ma découragée, il y bien sa vieille mère, plus vieille que toi, puis sa sœur aînée, Ette, qui est lesbienne…

— Martha !

— Eh ben, quoi, c'est la vérité, ça te surprend ? Il y a des homosexuels dans n'importe quelle famille… Toutefois je ne pense pas qu'elle veuille… Elle est gentille, mais…

— Tu la connais ?

— Bien sûr… mais s'occuper de trois enfants…

— De toute façon, ce ne serait pas convenable.

Ma rit.

— Convenable ? Et un divorce, est-ce convenable ? En attendant les solutions, Maria pourrait se reposer à Ahrenshoop…

Sa mère la regarde :

— Le lieu saint de ton père ! Et, dis-moi la vérité, Martha, voudrais-tu laisser ton mari seul à Berlin, maintenant que vous êtes finalement installés ici ? Ahrenshoop ? Tu veux y aller pour tout un été, avec ta sœur et vos six enfants ? De toute façon, ton père prévoit mettre Maria sous tutelle…

— Et quoi encore ? Elle est malade… Ça se soigne.

— … ou bien la placer dans une institution…

— Maman, vous aurez affaire à moi ! Je ne vous permet-trai pas…

Mme Seeberg demande qu'on lui appelle un taxi. Ma l'accompagne en bas, l'aide à monter dans la voiture. Il y a un échange de regards froids, aucun sourire.

En remontant Ma se dit qu'il va falloir prendre la vie au jour le jour, telle qu'elle se présente, que rien n'est urgent pour le moment, que ses parents seront raisonnables quand Maria aura vraiment besoin d'eux, ils sont âgés, oui, mais ils n'abandonneront pas leur fille. Elle décide d'appeler sa mère pour qu'il n'y ait pas de rancœur.

∾

À Noël, le *Berliner Zimmer* accueille un sapin haut de trois mètres dans lequel Ma accroche des ornements argentés et place de nombreuses bougies blanches qui ne seront allumées que la veille de Noël. Questions de sécu-rité ? Chaque bougie a été placée de façon à éviter qu'il y ait une branche de l'arbre au-dessus d'elle, ce qui résulte en une belle pyramide de lumières brillantes et inoffen-sives quand toutes les bougies sont allumées.

Les jours précédents, chaque fois que Marguerite devait traverser la grande pièce, sa mère la portait dans ses bras, après l'avoir complètement couverte d'un drap blanc — comme une petite Arabe, dit Theo. Et la petite Arabe reniflait avec délice l'odeur du sapin.

Noël, c'est la grande fête. Une carpe nage dans la baignoire familiale. Une cuisinière dont les services ont été retenus bien à l'avance en fera le *Karpfen blau* tradi-tionnel de la veille de Noël. Une oie plumée attend dans le garde-manger bien aéré qu'on la mette au four, le jour de Noël, remplie de pommes, de châtaignes et de pruneaux. Des biscuits dans des pots de grès, des pommes, des oranges, des noix.

Les cadeaux sont placés sur et autour du buffet, puis couverts d'un grand drap. À tour de rôle, les filles essaient d'en soulever des coins, mais avec la quasi-obscurité qui règne dans la pièce, le coup d'œil ne suffit pas, il faut toucher. Or, quand on touche un livre, on n'en a pas le titre, quand on touche une boîte, on ne sait pas ce qu'elle renferme, au toucher on ne découvre pas pour qui la robe pourrait bien être.

Le 24 décembre, à 5 h du soir, Reinhold Seeberg prêche dans la Kaiser-Wilhelm-Gedächtnis Kirche remplie à craquer. L'orgue donne son plein, la voix du grand-père est belle, grave et flûtée.

Après le service, Theo hèle un taxi et toute la famille s'embarque pour aller voir d'abord l'arbre chez l'oncle Erich, un arbre délectable dans lequel il y a plein de sucreries blanches, roses et bleu ciel, et ensuite celui des parents Seeberg, décoré par une des bonnes, Alla Amanda devenant trop vieille pour monter sur un escabeau. Elle a dirigé les opérations depuis son fauteuil et le résultat, bien que manquant de symétrie, s'avère joli.

De pareilles fêtes s'installent solidement dans la mémoire. À 84 ans, la vieille dame tient encore à son arbre de Noël, ses enfants y tiennent, les leurs aussi.

Mais les fêtes de famille peuvent aussi être dangereuses. On mange trop ; on boit trop ; on consomme une nourriture trop riche. On cherche des cadeaux qui satisferont tout le monde, tout en sachant que cela n'est pas vraiment possible. Les dépenses s'accumulent, les conflits se préparent.

Une des sœurs de Theo, Maria, une infirmière, habitait Berlin. Une sœur difficile qui trouvait que les filles de son frère prenaient des airs de princesses, sa femme un air de reine. Mais dès le début du mois de décembre, elle téléphone à son frère pour confirmer qu'elle sera de la fête, le soir du 24.

— Dis à ta femme que je ne veux pas de cadeaux!

Ma rit.

— Et dire qu'elle n'est jamais contente de ce qu'on lui donne! Puis elle l'emporte…

Après la visite chez les grands-parents, il faut se dépêcher de prendre un autre taxi. Tante Maria n'aime pas attendre.

— La voilà, crie Marguerite dès que la voiture s'arrête devant l'immeuble, elle nous attend dehors!

Christa et Eva se regardent, sûres qu'il y aura encore une fois des moments difficiles à passer.

Fröhliche Weihnachten! Fröhliche Weihnachten! Les Joyeux Noël s'échangent. Ma est contente que les embrassades ne soient pas de rigueur dans les familles allemandes. Maria a une série de poils drus sur le menton et qui sait ce que les enfants pourraient en dire.

Theo ouvre la porte de l'immeuble, regarde «les femmes», c'est-à-dire Ma et Maria, Eva et Christa, s'engouffrer dans l'ascenseur. Lui et Marguerite prendront l'escalier.

Marguerite ne peut s'empêcher de poser une question:

— Ma dit que Tante Maria est un peu folle. C'est vrai?

— Hum…

— L'année dernière, elle m'a donné un lapin en peluche… Les lapins, c'est pour Pâques, non?

— Que je sache, il n'y a pas de règles pour ce qu'on donne à Noël.

— C'est ce que Ma a dit aussi. Puis elle était contente parce que j'ai quand même souri et j'ai bien dit merci. Eva et Christa ne…

— Eh, ça suffit. Pas de jalousie à Noël.

— Je sais. Ma me l'a déjà dit.

Dans le salon, ils retrouvent les «grandes» qui cherchent à cacher dans une apparente indifférence leur hâte d'entendre le son de la clochette invitant tout le monde à avancer vers le *Berliner Zimmer.*

Inquiète du succès de ses cadeaux, humiliée à l'idée de l'enveloppe contenant des billets de banque que lui tendra son frère et à l'avance mécontente des cadeaux que sa belle-sœur lui offrira, Maria sort une brosse de son sac noir.

— Tes cheveux, dit-elle à Marguerite qui a tout de suite une protestation sur le bout de la langue… Un regard de Christa la lui fait ravaler.

Voici le *ding, ding, dong!* tant attendu. Theo ouvre la grande porte à coulisse, tous sont saisis par la beauté du spectacle. L'arbre, les bougies… La petite crèche au pied de l'arbre…

Ma joue un petit prélude sur son piano droit, déjà le *Stille Nacht, heilige Nacht*[21] se fait entendre, à l'unisson.

Ce Noël-là, Ma avait voulu vraiment satisfaire sa belle-sœur : un bel habit de diaconesse, accroché sur un cintre, l'attendait là où *le Forum* de Piranesi figurait d'habitude.

Jupe longue et ample dans un tissu noir, du coton qui brillait discrètement, corsage à manches longues et boutonné devant, un col blanc, amidonné. À peine capable de cacher sa satisfaction, baissant les yeux déterminés quand même à trouver au moins un défaut caché dans les plis du vêtement, Maria était allée l'essayer dans la salle de bains. Peu après, des vociférations éclatent.

---

21 - *Douce nuit, sainte nuit…*

Ma se précipite. On entend discuter les deux femmes, finalement elles réapparaissent, Maria accusant sa belle-sœur de vouloir l'étrangler. Il est vrai que la maîtresse de maison a deux doigts coincés entre la collerette et le cou de la diaconesse. Elles prennent Theo à témoin :

— Tu comprends, crie Maria, le col est trop serré ! Ta femme veut me tuer.

— Tu ne vois pas, insiste Ma à voix un peu haute, il y a ici de la place pour deux doigts, le col est comme il faut. Ta sœur…

Theo est mal placé. Il a horreur des fixe-chaussettes que sa femme lui offre régulièrement à Noël pour remédier à ses chaussettes toujours pendantes. De maudites inventions élastiques, obstacles nuisibles à la circulation du sang, comme ces ceintures qu'il reçoit régulièrement aussi, lui qui préfère les bretelles. Il n'aime pas non plus les cols en celluloïd ou amidonnés que ses fonctions lui demandent de porter avec certains habits ; ils l'étouffent. Il comprend donc sa sœur. D'un autre côté il est certain que Ma n'a pas envie de voir Maria mourir étranglée, un soir de fête, dans le *Berliner Zimmer*.

Convaincu que les domestiques commencent à s'impatienter dans la cuisine, Theo sonne. Et merveille, le dîner est servi.

～

Le père est fréquemment absent. Visites des lycées à l'extérieur de Berlin, rencontres politiques. Marguerite a alors le droit de se coucher dans la chambre paternelle, où son lit d'enfant est resté depuis le déménagement. Elle adore s'endormir proche de tout ce qui se passe.

Deux dames, une qui sort de la toilette, l'autre qui y va, bavardent dans le foyer, jalouses de Martha qui les a invitées à ce dîner-concert avec Richard Tauber, le grand rival de Caruso. Comment a-t-elle réussi ce coup, demande l'une, et l'autre ricane. Marguerite, elle, craint seulement que le ténor se fasse mal aux cordes vocales en poussant des notes aiguës.

Il y a des soirées littéraires avec de bonnes petites choses à manger, de petits défilés de mode organisés par Marja Alexandrovna, aristocrate russe devenue couturière dans son existence d'immigrée. «Pour qu'une robe tombe bien, il faut qu'elle soit taillée dans le biais», déclare-t-elle, et Marguerite, qui aime beaucoup les vêtements que la dame fait pour sa mère, retient bien cette maxime pour sa propre vie d'adulte.

Quand tout le monde est finalement parti, elle entend sa mère rapporter les verres à la cuisine, l'imagine, nu-pieds maintenant, mais toujours vêtue de sa belle robe noire. Elle fait semblant de dormir quand Ma vient voir si tout va bien, fait de petits sourires cachés quand Ma chuchote des mots tendres tout en la couvrant un peu mieux de sa couette.

Quand Theo est là et que Marguerite a encore une fois réussi à se faufiler dans le petit lit, le père est dans la pièce d'à côté. Il écrit, assis dans un grand fauteuil devant un immense bureau fait sur mesure par un jeune architecte du Bauhaus. Ce monsieur possède une voiture dans laquelle il promène parfois Ma et Eva aussi.

— Ma voiture, dit Theo, m'attend au ciel. Sur terre, j'aime bien emprunter les transports publics.

Ma dit qu'il a peur qu'on lui demande d'apprendre à conduire. Eva rit, Marguerite se fâche, elle n'aime pas qu'on se moque de son père. Christa n'est pas là pour prendre parti, elle est en haut, au 5ᵉ étage; la cuisine de Mᵐᵉ Sauertopf, peu raffinée et donc appropriée à la multitude d'enfants, lui convient mieux que celle de sa mère, trop multiculturelle, du bortsch par exemple, quand elle veut imiter la grand-mère Seeberg; trop italienne, artichauts à la vinaigrette ou endives braisées quand elle veut plaire à son mari, pommes sautées et harengs frits quand il s'agit de faire des économies. Il n'y a pas d'arêtes dans les harengs, dit-elle d'une voix que personne n'ose contredire, il faut mâcher ce qu'il y a et l'avaler, c'est bon pour les os. Quant au bortsch, même Theo n'aime pas les betteraves qui colorent l'urine du lendemain d'un rose douteux, mais là encore on se fait dire que c'est bon pour quelque chose.

Ma tient à la bonne santé de tout son monde. Et voilà que Marguerite toussote. Sa mère soupçonne d'abord la garderie de manque d'hygiène. Pourtant, elle avait bien examiné les lieux et les coutumes de cette petite instal-lation accueillant une douzaine d'enfants; tout lui avait semblé fort bien. De toute façon, Marguerite n'y va que pour deux heures, le matin, Ute, la bonne d'enfant, va la chercher à midi. Après le déjeuner elle fait une petite sieste, tout comme sa mère, puis s'en va au Tiergarten avec Ute encore. 250 hectares de verdure, ça doit être bon pour les poumons! Mais Marguerite continue de tousser. Les cigares de son père? Pourtant, ce n'est pas l'enfant qui les fume. Du moins est-ce là l'argument de son père. Le médecin, Mᵐᵉ Vogel, suggère la montagne et Ma, qui a lu *La Montagne magique* en pensant aux poumons de Theo et de Marguerite, cherche un lieu magique. Elle trouve Braunlage… À 300 km de distance.

— C'est trop loin, dit Theo.

— C'est juste la bonne altitude, souligne Ma, 600 mètres.

— Elle aura le mal du pays, elle deviendra mélancolique.

— Tu ne l'as jamais vue s'amuser au jardin d'enfants. Tu sais ce qui lui plaît le mieux?

— Pas vraiment.

— Les petits sketchs qu'ils montent. Tu aurais dû la voir dans son rôle de père de famille. Il donnait des leçons de botanique. Et quand il mettait les enfants au lit, il chantait.

— Faux?

— Non. Mais fort!

— Ma, je suis sûr que tu as raison au sujet de Braunlage. Mais... J'aime tellement l'entendre parler.

— Elle fera tous les jours des exercices respiratoires. La docteure Vogel dit que ça lui fera beaucoup de bien.

— Oui, oui. Et tous les jours, elle me manquera,

— Tu ne la vois pas tous les jours, ici non plus.

— Tu veux dire que je m'occupe de trop de choses?

— Oui. Tu manques la moitié de nos repas.

— Si tu faisais plus souvent ton bon risotto, à la Rosalia...

— Ah, je ne te crois pas, Theo.

— Il fut un temps...

— Bon, bon. Un de ces jours je t'en ferai...

— À toi le dernier mot. C'est toi la mère.

C'est loin... Mais elle fera soigner cette enfant avant qu'elle ne tombe vraiment malade... Elle ira la voir régulièrement, elle lui écrira. Elle ira elle-même passer quelque temps à Braunlage. Elle fera du ski avec elle. Puis quelqu'un ira chercher la petite pour la saison des Fêtes.

∾

La vieille dame sourit en se rappelant qu'une année elle a demandé à ses parents de la laisser au Kinderheim, durant les fêtes de Noël! Pour voir la neige… pour jouer avec les autres…Elle n'arrive pas à se souvenir combien de temps elle a passé dans cette institution. Deux ans? Au moins. Et toujours heureuse.

∾

Le ministère, le parlement, les voyages, les réunions politiques, un article par semaine dans le *Berliner Tageblatt,* journal de gauche, un peu de bicyclette, les promenades avec les enfants dans le Grunewald ou, quand il pleut, dans les musées, les réceptions organisées par Ma, Theo mène une vie remplie. S'y ajoute l'Union des écrivains allemands ou Schutzverband Deutscher Schriftsteller (SDS), où il est actif et dont il assumera fin 1931 la présidence.

Dans la bibliothèque de la vieille dame il a y un volume contenant les bulletins de nouvelles, les procès verbaux et les rapports financiers de la SDS pour l'année 1932. Elle y a trouvé des détails intéressants, dont certains concernant le droit d'auteur et le paiement pour le prêt public. Celui-ci, a-t-elle appris, se pratiquait partout à Berlin: dans les escaliers des immeubles des quartiers ouvriers où une personne entreprenante étalait sa collection de livres sur les marches de l'escalier, au-rez-de-chaussée, et les prêtait pour quelques sous à des voisins; chez les marchands de tabac et les marchands de légumes, dans de petites bibliothèques commerciales et les bibliothèques de quartier. Certes, la SDS était pour la lecture, mais elle se souciait aussi de la survivance de ceux et celles qui écrivent, et réclamait donc un paiement pour le prêt public. La vieille dame connaît ces luttes, y a participé au Canada, est très satisfaite quand chaque année, au mois de février, elle reçoit son chèque du prêt public qui existe en Allemagne depuis 1972 et au Canada depuis 1986.

Marguerite a lu attentivement ce volume des rapports de la SDS. En s'exprimant avec grande politesse, celle-ci rappelle toujours à ces membres qu'il faut payer leurs cotisations ; au Canada, les associations d'écrivains font pareil. Comme la SDS, elles offrent d'importants services à leurs membres : conseils juridiques quant aux contrats d'édition, conseils financiers quant à l'impôt sur le revenu.

À Berlin, le bureau de la SDS proposait des services pratiques : vente de cigares et cigarettes à 20 % de réduction, papeterie à prix réduit, billets de théâtre et de cinéma à moitié prix sur présentation de la carte de membre... Et, pour les plus démunis, du matériel de chauffage, des vêtements d'hiver, des repas gratuits dans certains restaurants.

En collaboration avec l'Union des artistes du théâtre, la SDS y fit construire une colonie d'appartements à loyer modéré — la vieille dame demeure à Toronto dans un immeuble semblable, créé par la Writers' Union of Canada et l'Association des artistes de la scène.

La coïncidence est remarquable : Berlin, un écrivain, une association professionnelle — Toronto, une écrivaine, des associations professionnelles[22]. Tel père, telle fille ! Des époques différentes, mais les mêmes objectifs : liberté d'expression, droit d'auteur, revenu acceptable, habitations à loyer modéré, paiement pour le prêt public, subventions gouvernementales.

∽

22 - L'auteure est membre de l'Union des écrivaines et des écrivains québécois, de la Writers' Union of Canada et du PEN, et membre d'honneur de l'Association des auteures et des auteurs de l'Ontario, dont elle a été la présidente de 2001 à 2003.

Au fond, se dit la vieille dame, heureuse de tous ces parallèles qu'elle découvre entre son père et elle-même, s'il était encore là, on travaillerait ensemble.

∞

Neutre quant à la politique et la religion de ses plus de 2 000 membres — Hitler aurait pu être membre, mais il n'est pas sur la liste —, la SDS connaît de longues réunions affreusement turbulentes avec, d'un côté les communistes, de l'autre les nazis, et au milieu les centristes, les libéraux et les autres. Les querelles prennent du temps, causent du stress, deviennent de plus en plus injurieuses, intenables. Pauvre Theo ! Les cigares, l'alcool, les femmes. Le soir, Ma finit par ne plus l'attendre, s'endort dans sa chambre séparée, à l'arrière du *Berliner Zimmer*. Parfois il est absent même à l'heure du petit déjeuner.

Malgré tout cela, Theo continue d'écrire. Un roman sur le mariage, un autre sur un vieux professeur de philosophie célèbre pour ses sermons sur la volonté de puissance. Ces manuscrits ne sont pas terminés. Il va falloir les réécrire, encore et encore, puis les peaufiner. Ça pourrait prendre des années. Theo se dit qu'il les reprendra quand il sera vieux, à la retraite. Quand il habitera quelque part dans le Sud. Pour le moment, commencés à Magdebourg, ils dorment dans un des tiroirs de son bureau.

De temps à autre, cet homme occupé rencontre son beau-père à la Staatsbibliothek, la bibliothèque d'État. Il le salue poliment, s'enquiert de sa santé, de celle de sa femme. Si c'est vers midi, il l'invite à manger. Ils vont dans une des petites rues du quartier, dans un restaurant tranquille où personne n'argumente trop fort, Theo n'a pas envie de se disputer. Seeberg lui parle de la deuxième édition revue et corrigée de son *Histoire des dogmes à travers les âges*. Il en est au volume III, « Le Moyen Âge », espère le voir publié en 1930.

Ils ne parlent pas politique. Theo vante les qualités du vin choisi par le vieil homme, trouve d'autres sujets neutres, comme les tilleuls en fleurs sur le boulevard Unter den Linden, le jasmin du jardin d'Ahrenshoop. Poliment Seeberg reste silencieux au sujet du Parti démocratique allemand. Il raconte comme une sorte d'anecdote qu'il n'y a qu'une seule faculté, celle de médecine, qui ne lui a pas encore donné de doctorat honorifique. Ça viendra, lui dit Theo, généreux, ça viendra. Qu'est-ce que ça peut bien lui faire que son beau-père ait trois, six ou une douzaine de ces distinctions ?

Un universitaire de plus de soixante-dix ans, un homme actif approchant la cinquantaine… Ils finiront par parler du temps et peut-être des petites folies des enfants de la famille. Et puis ils retourneront à leur travail, le vieux dans son bureau mal éclairé de professeur émérite, l'autre dans le sien, sombre aussi, du Parlement prussien.

Theo aura fait son devoir, il en parlera à sa femme qui se déclarera satisfaite de sa conduite.

Pourvu, se dit-il, qu'elle ne me demande pas de déjeuner avec son frère qui, lui, navigue avec enthousiasme sur les vagues du NSDAP[23].

∾

Revenue de Braunlage pour l'anniversaire de sa mère, Marguerite est assise dans un coin de la chambre de ses sœurs, un gros livre sur les genoux.

— Eh oui, dit-elle à Eva, M. Rithus dit que je lis très bien, que je vais être une grande lectrice.

— Comment ça ?

---

23 - Nationalsozialistische Deutsche Arbeiterpartei.

— Il dit que j'aurai toujours mon nez dans les livres.

— Qu'est-ce que tu fais quand tu ne connais pas un mot ?

— Je le saute. Puis après je demande…

— À qui ?

— Aux gens qui ont l'air de savoir.

— Bon, bon, dit Eva.

— Il faut que tu apprennes à te servir d'un dictionnaire, ajoute Christa.

— Tu veux bien m'aider ?

Mais de toute évidence, elles n'ont pas trop envie de vérifier les progrès de l'enfant gâtée. Pas aujourd'hui, en tout cas.

Elles chuchotent, Marguerite a du mal à saisir ce qu'elles disent :

— Les vieux ont des aventures, murmure Eva.

Les vieux ? Quels vieux ? Opapa et Omama ? Marguerite ne connaît pas d'autres vieilles personnes. Des aventures comme dans les légendes grecques ? Ce sont des mythes, des histoires pas vraiment vraies, Theo le lui a dit et M. Rithus dit la même chose.

— Comment ça, s'étonne Christa tout haut.

— On dirait que tu es aveugle.

— Non.

Ouf ! Marguerite se souvient des enfants aux lunettes d'aviateur. Ça ne doit pas arriver à Christa, même si elle est parfois méchante.

— Ou alors tu ne vois que tes amis du cinquième.

— Non. Explique-toi au lieu de m'embêter. Mais, attention…

— À la petite ? Elle n'y comprendra rien, tranche Eva, même toi…

— Explique.

— Ben, nom de Dieu…

Theo déconseille l'emploi en vain du nom de Dieu auquel il ne croit pas. Marguerite devient extrêmement curieuse. Il s'agit de questions importantes, c'est évident.

— Theo a des filles qui lui courent après.

— Quelles filles?

— Comme cette Eva Lenz qu'il a ramenée de Magdebourg.

— Elle ne vient pas ici, chez nous.

— Ça n'empêche rien. Martha m'a dit que Theo lui paie une chambre, quelque part, en ville. Tu te rappelles? C'était une de ses élèves, au lycée.

— C'est pas bien, Eva. C'est *zum kotzen*, dégueulasse, vraiment!

— C'est comme ça. Et puis elle, tu le sais, Benno vient la chercher en voiture. T'as vu les beaux meubles qu'il a dessinés pour son salon? Et le vieux Falck, l'avocat! Ils sont allés à une exposition à la Manufacture de porcelaine, puis il lui a offert cette soupière qui trône sur le buffet, t'as pas remarqué?

C'est un beau cadeau. Marguerite va retourner le voir, elle n'y touchera pas, Ma lui a dit que c'est fragile comme les objets dans la vitrine du salon.

— Le vieux Falck est un Juif.

— Comment tu le sais, Christa?

— C'est Karl qui me l'a dit. Il est sûr que les Juifs seront forcés d'émigrer.

Toujours cette histoire de Juifs! Et que veut dire le mot émigrer? Il va falloir demander à quelqu'un.

— Voyons donc. Je n'en crois rien.

Dorénavant, Marguerite regardera d'un air soupçonneux cette soupière, avec sa poignée de couvercle en forme de cupidon. Elle se demandera pourquoi on ne s'en sert jamais pour la soupe du soir. Quant à la voiture de Benno, elle aimerait bien que celui-ci l'invite à s'y asseoir. D'un autre côté elle a l'impression que Theo ne voudrait pas qu'elle accepte une telle invitation. Et les meubles de cet architecte, oui, ils sont beaux, mais trop carrés, ça fait mal quand on s'y cogne les jambes. Il faudrait qu'il apprenne à arrondir les angles, comme ceux du buffet dessiné par Ma.

Lundi, Ute la ramènera dans son *Kinderheim* où elle oubliera les histoires de ses sœurs. Dommage qu'elle n'ait pas pu refuser de grandir, comme le petit Oskar dans *Le tambour*.

Parenthèse

AUJOURD'HUI, sur la rue Wellesley de Toronto, la vieille dame a, par la fenêtre d'un autobus arrêté à un feu rouge, observé un petit garçon d'environ cinq ans. Il était en train d'essuyer soigneusement, de ses petites mains, le rebord de la vitrine d'un dépanneur. Le rebord était en métal gris et poussiéreux comme tant de choses dans les grandes villes.

Les parents du garçon ne s'occupaient pas de lui, enfin, pas particulièrement. En tout cas, ils ne semblaient pas avoir remarqué que leur fils avait décidé de faire le ménage de la devanture d'un magasin. Ils s'entretenaient avec une troisième personne.

Quand ils se sont mis à continuer leur chemin, le petit s'en est aperçu immédiatement. Il a donné soigneusement un dernier coup au rebord de la vitrine, s'est essuyé les mains avec le t-shirt qu'il portait — jaune, beaucoup trop grand — et les a suivis, l'air satisfait de son travail.

L'autobus a repris sa route. La vieille dame se sentait bien, elle aussi. Elle aime observer les enfants. Sa propre enfance a-t-elle été heureuse? Assez, pense-t-elle. Un peu muette peut-être. On ne lui a pas toujours tout expliqué. Les échanges n'étaient pas toujours clairs et surtout ils étaient courts. Comme si on se comprenait à demi-mot.

Elle a l'impression d'avoir appris par osmose, en déambulant le long du chemin. Elle sait faire la cuisine parce que sa mère la faisait, écrire parce que son père écrivait. Elle lit beaucoup parce que tout le monde dans la famille lisait beaucoup. Elle aime la propreté, l'ordre, l'harmonie des couleurs et des formes, parce que le paysage familial en était rempli.

Personne ne lui a jamais dit qu'il fallait être poli, dire au revoir et merci, se tenir tranquille, ne pas déranger les autres. La bienséance était naturelle, l'égard pour l'autre, entendu. Personne ne lui disait, Marguerite écoute, fais attention, répète après moi. Au fond, personne ne lui a dit ce qu'il fallait faire. Elle s'est bien débrouillée, comme le petit garçon préoccupé par la poussière.

Elle a fait des erreurs. Mais son père, ne lui avait-il pas dit que tout le monde en faisait ?

IV

LES ANNÉES DÉSASTREUSES

Deutsche, ihr sollt es wissen. Entsetzen,
Scham und Reue ist das erste, was not tut [24].
Thomas Mann, le 14 janvier 1945

---

24 - Allemands, sachez-le. L'horreur, la honte et le remords sont de première nécessité.

Avant-propos

2008. C'EST LE MOIS D'AOÛT. Le soleil brille à Toronto. Le manuscrit tire à sa fin. La vieille dame relit pour la troisième fois les pages dans lesquelles elle tente de décrire les années désastreuses tel que sa famille les a vécues.

Une chose est certaine : elle ne veut pas qualifier ces années désastreuses de «folie allemande». Certes, il arrive qu'un fou commette un crime. Mais placer l'Holocauste sous le signe de la folie, ah non! Le génocide est un crime inexcusable. Un point, c'est tout.

Toutefois, elle est encore un peu mécontente de son travail. Jamais un texte ne lui a donné autant de mal.

Écrire un poème après Auschwitz est barbare, décréta Theodor Adorno en 1949, un peu trop catégoriquement. La vieille dame n'a pas l'intention de parler en termes poétiques de l'époque nazie. Mais elle se rend compte — rendre compte, quelle lourde tâche! — que dans cette partie du manuscrit ses sentiments sont paralysés; elle-même y est presque aphone. Froide. Comment faire pour décrire l'indescriptible sans voiler l'émotion?

Recommencer, recommencer encore et encore, se dit-elle tout en sachant que les mots lui manqueront. Ne pas abandonner.

L'indescriptible

LE 9 NOVEMBRE 1923 a lieu un *putsch,* organisé dans une brasserie munichoise par l'éloquent agitateur Adolf Hitler. L'odeur de la bière et la fumée se propagent, les voix, les drapeaux, le brun et le noir des uniformes, les bottes, les armes. Pour le moment on ne parle que du gouvernement de la Bavière, disent-ils, on les aura par la suite, ces Prussiens qui prétendent gouverner le pays, ces Berlinois dégénérés, lâches, incapables !

Le coup d'État se termine en queue de poisson. L'instigateur est arrêté, condamné à cinq ans d'emprisonnement — dont il purgera à peine neuf mois — dans la forteresse de Landsberg, geôle assez confortable. Le prisonnier a le droit de porter ses propres vêtements — y compris des *Lederhosen,* d'après les photos — de rencontrer des amis, de lire et d'écrire, de dicter le manuscrit de *Mein Kampf* à Rudolf Hess qui fera un texte publiable des phrases parfois incompréhensibles du caporal. Paru en 1925, le livre devient un best-seller ; 300 000 exemplaires seront vendus avant même que l'auteur ne devienne chancelier.

La plupart des Berlinois ne s'inquiètent pas trop de cet homme. Le plan Dawes signé en 1924 a stabilisé le

mark allemand. À l'exemple de Paris, la capitale allemande continue de se distraire. Les théâtres — 1928
verra la première représentation de *L'Opéra de quat'sous*
de Bertold Brecht et Kurt Weill — affichent complet,
les salles de concert aussi. Ma s'émancipe, s'amuse, se
cultive. Elle sort avec ses admirateurs, pendant que Theo
fait de la politique et que le vieux Seeberg voit s'ouvrir de
nouveaux horizons.

Le krach de la bourse new-yorkaise de 1929 marque le
début de la plus grande crise économique du 20ᵉ siècle. En
Allemagne, le nombre des chômeurs montera à plus de
deux millions. L'angoisse va de l'inquiétude à la panique.
Hitler promet des miracles, les foules le croient. Le NSDAP
devient en 1930 le deuxième parti du pays, avec 107 sièges
dans un Reichstag de 577 sièges. Les sociaux-démocrates
ont 143 sièges, quinze autres partis se partagent les 327
sièges restants. Le DDP, dont Theo fait toujours partie, a
20 sièges, les communistes 77. On imagine les débats, la
confusion, l'indécision.

Le docteur Goebbels, *widerwältige Schiessbudenfigur,*
abominable tête à claques, élabore une propagande efficace par tous les moyens techniques dont il dispose,
notamment la radio, les affiches et les drapeaux imprimés
à grands tirages. Personne n'y échappe, même pas la petite
Marguerite :

— Je peux aller jouer dehors ? demande-t-elle à sa mère.

— Oui. Mais seulement devant la maison.

— Je peux prendre ma trottinette ?

Elle obtient la permission de monter et descendre la
rue, sur le trottoir seulement. Elle n'a pas le droit d'aller
plus loin, ni de traverser pour aller de l'autre côté.

— C'est bien compris ?

— Oui.

La bonne l'aide à descendre la trottinette. Les mains sur le guidon arrondi, un pied sur la planchette, l'autre au sol pour la propulser, elle avance, lentement d'abord, puis plus vite, plus vite encore, ses pas deviennent de plus en plus grands, elle vole presque. Elle sent l'air dans ses cheveux, sa jupe plissée danse, elle n'a peur de rien, elle est la championne de la trottinette sur le trottoir de la Kulmbacherstrasse, à Berlin. Elle a envie de crier — fort, fort, fort — elle est heureuse.

Elle voit des drapeaux rouges avec au milieu un truc noir dans un cercle blanc, c'est joli, comme ça, au soleil. Elle s'arrête, elle regarde autour d'elle. La rue n'est pas longue. Un peu grise. Sérieuse. Sévère avec ses gros immeubles à six étages. Elle voit des balcons où on a mis de ces drapeaux, il y en a qui sont grands, d'autres sont tout petits. Chez eux, au 4e étage du numéro 8, il n'y en a pas, c'est un peu dommage, mais sa mère n'aime pas trop le rouge, peut-être qu'il ne va pas avec le bleu et le rose de ses pétunias.

Un monsieur habillé comme un soldat porte une boîte pleine de drapeaux dans un de ses bras. Des drapeaux en papier attachés à une tige en bois, à peine plus grands qu'une carte postale. Il en sort un.

— Tiens, lui dit-il, tu veux que je l'attache à ton guidon?

— Non merci, monsieur.

Elle ne veut pas que cet inconnu touche à sa trottinette presque toute neuve encore.

— Tiens, répète-t-il, prends-le dans la main alors.

D'autres enfants s'approchent, il leur donne des drapeaux, les enfants courent, essaient de les faire flotter au vent. Il n'y a pas beaucoup de vent.

Elle regarde le cadeau du monsieur. Qu'est-ce qu'elle va en faire? Il risque de tomber si elle le tient à la main tout en tenant le guidon et en roulant si vite. On n'est pas censé jeter du papier dans la rue. Il va falloir qu'elle remonte à l'appartement pour s'en débarrasser.

Elle pousse la lourde porte. Comme elle n'a pas la clé pour l'ascenseur, elle grimpe l'escalier. La trottinette, le drapeau… Elle est un peu essoufflée en arrivant en haut.

Elle sonne. Elle entend les pas de sa mère qui vient lui ouvrir. La mère regarde l'enfant qui lui sourit.

— Non, crie-t-elle. Et elle flanque une gifle à l'enfant, la seule de son existence, puis déchire en petits morceaux le drapeau offensif.

∾

Theo prévoit le pire. D'autres parlent de gros nuages qui finiront par passer, comme d'habitude. Or, le nazisme prendra plus de douze ans à passer, jusqu'à la fin obnubilant des cerveaux.

Hitler ne saisit pas le pouvoir, il lui est apporté sur un plat. Le 30 janvier 1933, le *Führer* est nommé chancelier par le vieux Hindenburg, selon lui-même un soldat égaré dans la politique, succombant à l'âge de 87 ans à la pression de son entourage composé d'industriels, de financiers et de militaires.

Ce soir-là, c'est la fête des étudiants et des SA: un spectaculaire défilé aux flambeaux illumine le centre-ville de Berlin. Au 8, Kulmbacherstrasse, Ma tire les rideaux; elle ne veut pas voir ce qui se passe à l'extérieur. Theo est ailleurs, aux bureaux de la SDS, en train d'organiser avec ses collègues le congrès du 1er février qui célébrera, envers et contre tout, *Das freie Wort*, la libre parole, à l'Opéra Kroll, lieu des manifestations culturelles de la République de Weimar.

L'incendie du Reichstag, le 27 février, permettra à Hitler d'établir son pouvoir de façon tout à fait légale. L'article 48 de la Constitution de Weimar autorise, en effet, le gouvernement à établir des limites raisonnables à la liberté d'expression et aux droits civils pour rétablir l'ordre et interdire toute dissidence.

Le dictateur se met à l'œuvre. Plus de 4 000 sympathisants communistes et sociaux-démocrates sont arrêtés, les syndicats dissous, un premier camp de concentration est établi à Dachau.

L'émigration allemande débute. D'autres l'ont précédée, d'autres la suivront. Le 20e siècle devient celui des personnes déplacées. *Where are you from?*, leur demande-t-on, sans cesse.

Marguerite n'a même pas dix ans à l'époque. Quand elle n'est plus à Braunlage mais à Berlin, elle entend des mots nouveaux : manifestations, bagarres, assassinats, propagande, confiance, méfiance, violence, prison, liberté. *Konzentrationslager* ou camp de concentration, *KZ* dans son abréviation allemande, nouveau vocable dans la langue d'un pays sur le chemin du mal. C'est surtout durant le repas du soir qu'elle fait ses recherches sur leur signification :

— Theo, pourquoi est-ce que Ma ne veut pas m'expliquer le mot assassinat ?

— Un assassinat, c'est quelque chose de violent, c'est quand un homme tue un autre homme.

— Et les femmes ne font pas ça et c'est pour ça que Ma...

— Ce n'est pas si simple que ça. Ta mère ne veut pas parler d'assassinat parce qu'elle n'aime pas la violence.

— C'est quoi, la violence.

— C'est quand on tape sur une autre personne.

— Elle m'a tapée parce que j'avais accepté le drapeau à la croix gammée.

— Encore! s'exclame Ma.

— Elle l'a regretté après. Elle s'est excusée. Elle t'a embrassée.

— C'est vrai. C'est toi qui lui as dit de le faire.

La bonne apporte le dessert. Theo et Marthe échangent des sourires un peu amers. Marguerite mange. Les «grandes» veulent parler d'autre chose. La «petite» ne pourrait-elle pas comprendre que ses questions embêtent tout le monde?

— Theo, la salle à manger du Reichstag était belle, non?

— Oui. Et la salade de pommes de terre…

— Ah, intervient Christa, on ne m'a jamais emmenée déjeuner là.

Marguerite lui jette un regard triomphal. Elle continue:

— Ça a dû être difficile, Theo, de mettre le feu à un bâtiment grand comme ça?

— Dis-moi, ma fille, tu lis le *Tageblatt*?

— J'essaie. Juste les gros titres. Mais je l'admets, j'y comprends rien.

∾

Le SDS se dissout. Heinrich et Thomas Mann, Anna Seghers, Erich Mühsam, Alfred Kantorowicz, Albert Einstein, Walter Benjamin et beaucoup d'autres intellectuels et artistes exilés ouvrent un bureau de la SDS à Paris. Ils fondent aussi, avec l'appui d'André Gide et de Romain Rolland, la Bibliothèque allemande de la liberté ou la Bibliothèque des livres brûlés en Allemagne.

Le bureau parisien de la SDS est fermé en 1940, au moment de l'occupation allemande de la France, les livres de la Bibliothèque de la liberté, saisis par la Gestapo.

La vieille dame regarde les portraits de ces émigrés, faits par un des leurs, le photographe Josef Breitenbach. Visages tourmentés, tragiques, rationnels et combatifs[25].

Vaincus par un usurpateur.

Sous prétexte de devoir répondre aux journaux étrangers commençant à publier des rapports sur le traitement des Juifs en Allemagne, Hitler et ses consorts organisent le Boycott économique anti-juif du 1er avril 1933. Ils appellent au boycottage non violent des magasins juifs, des biens juifs, des avocats et médecins juifs, selon le principe qu'un Allemand n'achète rien à un Juif ni ne le consulte. Le message est qu'en Allemagne l'antisémitisme se fait dans l'ordre et le calme, même s'il est maintenu par des SA armés, postés devant les portes des magasins.

L'ordre. L'ordre à la prussienne. L'ordre brutal du régime nazi, l'ordre dans les registres des camps de concentration… L'ordre dans le buffet… L'ordre partout…

∾

La vieille dame se questionne. Le chaos dans l'Allemagne de l'après-guerre a été maîtrisé, l'ordre semble de nouveau naturel dans ce pays. Mais elle, peut-elle encore aimer l'ordre? Comment trouver l'équilibre entre le bon ordre apparemment nécessaire et la désinvolture par moments si plaisante? Quand, après un voyage en Allemagne, elle revient au Canada, elle remarque que le laisser-faire aimable qui la salue déjà à l'aéroport, l'aide à mieux respirer.

---

25 - Keith Holz, Wolfgang Schopf, *Allemands en exil. Paris 1933-1941*, photographies de Josef Breitenbach, Paris, Éditions Autrement, 2003.

⟨⟩

Le 7 avril 1933, la *Loi sur la revalorisation de la fonction publique* entre en vigueur: les fonctionnaires juifs, communistes, sociaux-démocrates, ou de façon générale suspects de ne pas adhérer au régime national-socialiste, sont démis de leurs fonctions. Theo est l'un d'eux. À 52 ans, il est démis de ses fonctions. Cependant, il n'est pas arrêté comme tant d'autres, ni mis en prison, placé dans un camp de concentration, exécuté. Il n'est puni que financièrement, ne recevra dorénavant que 10 % de ses appointements.

Le visage gris, il rentre à la maison.

Faut-il quitter le pays ou bien y rester? Tout est incertitude. Ce n'est pas une question de courage. Il en faut pour partir, il en faut pour rester.

Les discussions sont longues. Il y va de l'avenir, l'avenir du couple, l'avenir de leurs filles, l'avenir du pays. Faut-il… Pouvons-nous… Quand… Les coûts… Jour et nuit, les questions se multiplient, les doutes. La vieille dame imagine ses parents, imagine des milliers d'individus, de couples, de familles, dans cette même situation. Elle en a mal au dos, mal aux jambes, elle n'arrive plus à s'exprimer. Elle se trompe en cliquant sur une icône de son ordinateur, essaie de réparer la chose, clique, ça s'empire, le document tout entier disparaît, elle s'affole. Comment le retrouver? Elle doit en avoir une copie sauvegardée, quelque part, mais où? Puis de toute façon, ce ne serait pas exactement le même… Finalement, elle clique — attention de ne pas faire d'autres erreurs! — …sur le mot *normal* et, voilà! tout se remet en place. Tout à coup, merci pour ce miracle électronique, la vieille dame retrouve son bureau, son calme, sa vie relativement simple et claire.

∽

Theo l'admet : Il ne veut pas quitter le pays, Il faut bien que quelques-uns restent, affirme-t-il. Quand Hitler ne sera plus, ils négocieront pour l'Allemagne une place honorable dans l'ensemble de l'Europe. Et il veut être de ceux à qui ce travail sera confié.

Ma, impétueuse, veut partir. En Angleterre. En Espagne peut-être. En Italie ?

— Un autre pays fasciste !

— J'avais oublié.

— Oublié ? Je ne sais pas comment tu fais pour oublier une chose pareille.

— J'ai peur.

Theo essaie de la calmer :

— Moi aussi. C'est normal. Tous ceux qui sont raisonnables ont peur. Il n'y a pas de honte à cela.

— Mais…

— Mais partir ? Là, tout de suite ? Ton père est vieux. Ta mère, malade… Et tu veux t'en aller, Ma ? Et où, où veux-tu aller ?

— Je ne sais pas. Les Märzbach ont des visas pour les États-Unis, les Falck…

— Ton amant…

Elle hoche la tête :

— Peu importe, Theo. Le temps des liaisons amoureuses est fini. Lui et sa femme partent au Brésil. Les Löwenstein…

— Ma, s'il te plaît, n'énumère pas la longue liste. On parle de 2 000 départs immédiats, au moins. Et je sais, si nous étions des Juifs, oui, nous partirions nous aussi, au plus vite, malgré notre amour pour ce maudit pays devenu irraisonnable.

— Thomas Mann part. Heinrich aussi.

— Les Mann ont plus d'argent que nous et leurs livres sont mieux connus que les miens.

— Il y a des gens, Juifs ou pas, aisés ou pas, qui ne peuvent supporter de vivre sous une dictature.

— Moi, je ne partirai pas, Ma, je te le dis. Je ne peux pas quitter mon pays. Ça m'est tout simplement impossible.

— Et ta femme ? Les filles ?

— Si toi, tu veux t'en aller avec elles, je comprendrai, même si j'ai du mal à imaginer une vie sans vous.

— Eva Lenz ?

— Mais non. Ça fait quelque temps qu'elle parle de rentrer à Magdebourg... Elle survivra sans moi. Elle est jeune.

— Tu es cruel.

— Non, réaliste. Rationnel. Il faut faire face aux événements...

— Ensemble ?

— C'est ce qu'il y aurait de mieux, pour tout le monde. C'est ce que je préférerais. Mais ça ne dépend que de toi. Si tu décides de partir, en Suisse, par exemple, c'est moins loin, j'essaierai de trouver l'argent nécessaire. Je ne sais pas comment, mais je trouverai. Heureusement, ils ne m'ont pas encore donné le *Schreibverbot*[26], je peux encore publier...

Ma prend sa décision, vite, comme quand elle avait décidé en 1912 d'épouser cet homme. Elle ne partira pas, elle non plus. Theo l'a convaincue. Le temps des infidélités et des aventures est passé. Il s'agit de serrer les rangs.

∾

---

26 - Interdiction d'écrire.

En mai 1933, le NSDAP compte 2,5 millions d'adhérents. Il en aura 5 millions en 1939. Et pourtant beaucoup d'Allemands, parmi eux un grand nombre de Juifs, continueront de croire qu'il ne peut s'agir que d'une folie temporaire. Un si beau pays... Dans un incroyable déni de la réalité, ils entreront dans un vide rempli d'attente où pénétreront des messages désespérés. Les suicides seront nombreux, en Allemagne comme en exil.

Hitler compte établir un quota limitatif des Juifs dans toutes les professions. Pour commencer, un édit annonce que la profession médicale et celle de juriste ne peuvent plus être exercées par eux, que la fréquentation des écoles secondaires et des universités leur est interdite. Dès le début, une bureaucratie précise et efficace surveille l'application de ces règlements. Toute désobéissance signifie l'emprisonnement immédiat.

Cependant, les Berlinois continuent de vivre. L'humour noir subsiste encore, mais le contrôle de la population se fait de plus en plus sévère. Quand le *Don Carlos* de Schiller est mis à l'affiche et que des applaudissements saluent durant la première la célèbre phrase revendiquant la liberté de pensée « *Sire, geben Sie Gedankenfreiheit!* », la pièce est aussitôt interdite.

Dans trente villes allemandes, des étudiants et leurs professeurs organisent des autodafés de livres, 20 000 livres sont brûlés.

Parenthèse

LE 21 JUIN 2008, dans *Perspective monde,* site de l'Université de Sherbrooke, la vieille dame lit une liste des noms de plus de trente pays à cette date déchirés par de violents conflits ethniques ou religieux.

Le même jour, elle lit dans le *Toronto Star* que le Conseil de sécurité des Nations Unies vient d'approuver une résolution qualifiant la violence faite aux femmes de tactique de guerre.

Ethnies. Femmes. Juifs. L'Autre. À craindre, à haïr, à violer, à poursuivre, à exterminer. Qui tue mieux?

La vieille dame serre les dents. A-t-elle seulement le droit de se plaindre de ce qui est arrivé à sa famille, de leurs malheurs relativement insignifiants? Insignifiants en comparaison avec ce qui se passe aujourd'hui dans tant de pays, insignifiants en comparaison avec ce que les Juifs ont souffert entre 1933 et 1945?

Et qui est-elle pour se plaindre? Fille d'un couple intelligent, instruit, modéré, appauvri par le régime nazi, puis, vers la fin des années cinquante, dédommagé de ses pertes financières par un programme gouvernemental appelé *Wiedergutmachung* ou réparation financière. Famille désorientée, dispersée, déracinée. Mais pas détruite. Ses membres n'ont pas été assassinés par les nazis. Les bombes des armées de l'air les ont épargnés. Leur souffrance a été minime. Leur sort, vaut-il la peine d'être décrit?

Comme toujours quand elle a besoin de clarté, la vieille dame se tourne vers sa bibliothèque. Elle serait perdue sans ses livres. Ça y est, la voilà repartie encore une fois à lire des écrivains qui parlent de sa honte: Mann, Wiesel, Semprun…

Tard dans la nuit, l'écrivain anglo-allemand W. G. Sebald répond à ses questions. Dans le recueil de nouvelles *Les émigrants*, il laisse entendre que, pour montrer l'étendue du mal, il faut faire revivre des victimes ordinaires du régime nazi, «ceux qu'aucun œil ne distingue». Elle lit la nouvelle intitulée «Paul Bereyter», maître d'école à 25 % de race juive, célibataire, un homme «profondément allemand» que «le Troisième Reich avait empêché d'exercer sa profession». Bereyter a souffert, oui, profondément, oui, mais peut-être pas autant que d'autres. Il se suicidera en 1984, à l'âge de soixante-quatorze ans, succombant finalement à un «implacable sentiment de défaite».

L'histoire de Bereyter, dit Sebald, est une «petite histoire anodine». Celle de Theo et Martha n'est pas plus importante. Au contraire, alors que Bereyter se suicide, ils continuent de vivre, ne serait-ce que pour leurs enfants. Toutefois, la vieille dame en est convaincue, ils ont connu, eux aussi, cet implacable sentiment de défaite dont parle Sebald.

Ma ne succombe-t-elle pas à une maladie inexplicable? Theo ne finit-il pas dans un état d'involution sénile? Il n'y a pas d'autre explication de leur fin misérable dans le désaccord et les larmes.

La quotidienneté

THEO, Ma et les enfants quittent la maison, rentrent quand ils veulent. Les Juifs n'ont plus le droit de posséder de maison: Theo et Ma prennent le métro. Quelques mois encore et les Juifs ne pourront plus le prendre. Martha fait les commissions. Les Juifs ne sont admis dans les magasins qu'à certaines heures; ils n'ont pas droit à tout ce qui s'y vend. Theo va à la bibliothèque. Les Juifs y sont interdits. Dans la maison Bohner, le téléphone sonne. Les lignes appartenant aux Juifs ont été coupées. La famille Bohner est chanceuse: Bohner, Seeberg, tous des aryens. Ma n'a pas été obligée de coudre des étoiles juives sur leurs vêtements.

Toutefois, il faut se méfier. Tout le monde doit se méfier. Sait-on jamais si quelque fonctionnaire est à l'écoute? *Se méfier.* La formule est très française, l'équivalent n'existe pas vraiment en allemand. *Aufpassen! Attention!* C'est ce qu'on dit aux lycéens dont les pensées sont ailleurs. *Vorsicht!* Comme pour prévoir le mal… Or, dans l'Allemagne nazie, le mal se répand, s'installe *manu militari*.

Exclu de toute vie publique, Theo vit une émigration intérieure. Il rencontre ses amis chez eux, chez lui, parfois dans des cafés. Une fois par semaine si possible. Il y en a qui disparaissent. Ils sont incarcérés, ils ont quitté le pays. Il y a ceux qu'il ne désire plus voir : ceux qui prennent leurs distances pour assurer leur propre sécurité, ceux qui deviennent membre du NSDAP, portent l'insigne à la croix gammée, ronde, légèrement bombée, sur le revers de leur veston, côté gauche, côté cœur.

Lui croit toujours en la modération. Certes, il est plein de colère qu'il doit contenir, plein de soucis quant à l'existence de sa famille. Un seul champ d'action existe encore pour cet homme plein d'énergie aussi : l'écriture. Alors il s'enferme dans son bureau. *Votre père écrit* reste le mot d'ordre de la famille, écrire huit à dix pages par jour, le mode de vie et d'action du père.

Ma, elle, développe son côté pratique. Il faut déménager, dit-elle. Au printemps 1933, la famille se retrouve Humboldtstrasse 15, dans un immeuble plus modeste, sans ascenseur, sans escalier de service. Mais même cela est trop cher. Déménageons, dit-elle après tout au plus quatre mois, il faut trouver quelque chose de moins cher encore.

Une cité-jardin développée par Bruno Taut l'attire. Elle l'avait rencontré cet artiste à Magdebourg où, comme architecte de la ville, il avait fait peindre les façades de bâtiments officiels dans des couleurs pastel, pour vaincre le gris caractéristique.

Auerhahnbalz 9, rue de l'Appariement des merles, à Zehlendorf, hors du centre-ville. Des rangées de maisons aux toits plats, aux murs extérieurs peints en blanc, bleu, jaune. Des jardins d'environ soixante mètres carrés. Trois étages, des escaliers raides. Des *Kachelöfen*, poêles à charbon en faïence jaune, qui nécessitent, l'hiver, qu'on monte le charbon aux différentes pièces, allume le feu, descende la cendre. Elle a du courage, cette femme. Taut a construit la cité-jardin pour les moins fortunés, elle en est.

— Prenez ce qui ne rentre pas, je vous le donne, prenez-en soin, dit-elle aux déménageurs consternés devant la petitesse des pièces, la raideur des escaliers par lesquels il faut monter le mobilier d'autrefois.

Après la vente de la maison au bord de la mer, en 1937, un autre déménagement ; ils achètent une petite maison individuelle à chauffage central. Quatre petites pièces et demie, deux minuscules mansardes dont une servira de chambre à coucher à Theo. On y accède par une échelle que Ma fait transformer en escalier. Un jardin avec quatre arbres fruitiers. Une nouvelle adresse : Zinsweilerweg 12, le chemin des Contributions à la communauté... Trois déménagements en quatre ans, quatre si on compte le départ d'Ahrenshoop.

Theo examine la pièce qui va devenir son cabinet de travail : elle est petite. Que dire de son bien grand bureau ? « Vous écrivez, avait dit Benno, vous avez besoin de surfaces. Machine à écrire, manuscrits, brouillons, notes, ébauches corrigées et re-corrigées, lettres, articles, journaux, j'ai étudié la question, un écrivain, ça laisse traîner beaucoup de choses... »

Ma avait-elle prévu qu'ils seraient un jour obligés de réduire leur espace vital ? D'après la conception du bureau de Théo, on dirait que oui. Deux gros parallélépipèdes en palissandre qui sont, de fait, des classeurs ouvrables à l'avant et à l'arrière. La distance entre eux détermine l'espace occupé par le meuble. Le dessus du bureau, de la taille d'un lit à deux places, couvert de moleskine bleu marine, se pose sur ces classeurs et voilà, le bureau d'un travailleur intellectuel, 3 m x 2 m, à vue de nez. Un beau bureau, assez grand même quand il est, comme maintenant, réduit dans ces dimensions.

Un énorme fauteuil ergonomique. Chaque accoudoir possède une tablette qu'on peut rabattre. Cela permet d'y poser un livre, un verre, un cendrier.

— Tu vois, dit Theo à sa troisième fille venue voir les arrangements, ça va aller.

Deux des quatre murs de la pièce sont couverts d'étagères remplies de livres. À côté de la porte, le troisième loge le fameux banc de cardinal. Le quatrième abrite la fenêtre sous laquelle il y a le radiateur. Entre le bureau, le banc, les étagères, le radiateur et le fauteuil, il y a comme un petit chemin, large de 40 cm, qui permet de circuler dans la pièce. On n'y court pas comme dans le couloir de l'appartement de la Kulmbacherstrasse ou la bibliothèque du grand-père.

De l'autre côté du grand meuble, une chaise fait face au fauteuil de l'écrivain. Elle est pour Marguerite qui pourra, si jamais elle en éprouve le besoin, venir consulter son père pour ses travaux scolaires. La dimension du bureau construit par l'architecte leur garantit une distance, distance qui empêchera la familiarité et rendra les tensions possibles moins menaçantes.

— Tu vois, dit-il encore, nous n'avons pas de chambre d'ami, mais mon bureau est assez grand pour s'y allonger, donc si jamais on manque de lits, je dormirai ici. Puis il y a toujours mon banc de cardinal.

Le père est encore capable de trouver des solutions, c'est évident.

∾

Ma fait l'expérience de l'émigration intérieure au féminin. Finis l'opéra, les concerts, les pièces de théâtre, les amants. Adieu les bonnes à tout faire, les cuisinières et autres employés. Avec une énergie physique sans bornes et une force morale qui jamais ne s'affaiblit, Ma se consacre à la famille.

Dans *Hier schreibt Berlin* (Berlin écrit), anthologie publiée en 1929 sous la direction de Herbert Günther, bientôt interdite et brûlée, puis republiée en 1963, Carl Zuckmayer définit la Berlinoise comme celle qui travaille, crée, lutte, avance, tranquille, courageuse, tenace…

La vieille dame reconnaît sa mère.

∾

Alla Amanda Seeberg meurt en juillet 1933. C'est Ma qui l'a veillée pendant de longues semaines, qui s'est occupée de son père désemparé, lui a trouvé une gouvernante, l'a installé à Ahrenshoop, lui a confié Marguerite pour le distraire.

Quand Reinhold Seeberg reçoit en 1934, à l'occasion de son 75e anniversaire, l'*Adlerschild*[27], symbole de reconnaissance créé par la République de Weimar que le régime national-socialiste continue à décerner, c'est Ma qui l'aide à recevoir les dignitaires. Poliment, ce n'est pas le moment de leur dire ce qu'elle pense. Elle est près de lui quand il meurt, en 1935, à Ahrenshoop.

Elle réussit à régler les problèmes de sa sœur jumelle en devenant sa tutrice de fait. Elle lui trouve une pension de famille pour dames seules, à l'extérieur de Berlin, où Maria pourra vivre en sécurité. Sa circonspection évitera à celle-ci de se trouver parmi les 70 000 malades mentaux que le programme d'euthanasie nazi tuera entre 1933 et 1939.

Cependant Maria n'est pas guérie. Elle est souvent à la recherche de drogues, de somnifères et d'alcool, se met dans des situations délicates et dangereuses. Un pharmacien téléphone à Martha, un chauffeur de taxi ramène Maria au Zinsweiler Weg, sonne au beau milieu de la nuit, demande à être payé, le gérant d'un bar exige

---

27 - Plaque à insigne d'aigle.

que quelqu'un vienne la chercher immédiatement. Ma doit constamment secourir sa sœur et cela sans pouvoir consulter un médecin qui aurait été obligé de notifier les autorités de l'état de la patiente.

Au moment des crises, Maria loge au Zinsweiler Weg où Theo, qui n'aime pas que Marguerite voie sa tante dans un état d'ébriété, s'impatiente de la voir repartir.

Où est le mari de Maria, où sont ses enfants? Hans a commencé une nouvelle vie avec une autre femme, une autre carrière comme il faut, est devenu l'un des directeurs de Radio Berlin et deviendra par la suite l'intendant de la Philharmonie, chef de l'orchestre de musique de chambre de l'organisme. Theo l'accuse de ne pas subvenir aux besoins de Maria. Ma maintient une relation aimable avec son ancien beau-frère, ne serait-ce que pour s'assurer qu'il continue à verser un paiement mensuel et n'aille pas dénoncer la malade. Elle voit régulièrement les trois enfants de Maria, fait des démarches pour que Maria les voie.

L'autre Maria, la diaconesse, prend l'habitude des visites à l'improviste. Veut-elle se rassurer sur le bien-être de son frère? Elle arrive avec des cadeaux. Où a-t-elle donc trouvé cette paire de chaussettes pour Marguerite, ces bas de soie pour les «jeunes dames», cette tablette de chocolat pour Ma, ces cigares pour Theo? Ce sont mes malades, explique-t-elle, ils me donnent des choses.

Il y a un autre visiteur: Otto Welsch, fils d'un voisin de Magdebourg. Condamné pour homosexualité, ayant passé trois ans dans un pénitencier, il a fait les 147 kilomètres à pied pour se réfugier auprès de Ma. Lui trouvera-t-elle un logement? Bien sûr.

Il y a aussi Olga, la vieille femme de ménage dont personne ne veut plus, tellement elle sent l'urine, la pauvre.

Les gens se détournent, Ma lui sert à manger. Olga vient une fois par mois astiquer le vieux samovar russe, travail inutile selon Theo qui trouve absurde ce travail de Sisyphe toujours à recommencer. Chaque fois que l'objet nouvellement poli brille de tout son éclat du haut du buffet de la salle à manger, il parle de l'argent inutilement payé à la pauvre Olga. Mais il faut donner du travail, inutile ou non, à cette femme qui autrement n'accepterait pas un sou.

Aux repas, on mange beaucoup de légumes, évidemment meilleur marché que la viande. Les arbres fruitiers du jardin fournissent les desserts. Fruits frais ou conservés en bocaux, Ma en est fière. Quant aux vêtements, on se débrouille. Theo hérite du manteau d'hiver doublé de fourrure que portait son beau-père. Suivant l'exemple de sa mère, Marguerite s'habitue aux vêtements d'occasion.

∾

Et Theo écrit jour après jour, tape page après page sur sa petite Remington. Entre 1934 et 1946 il publie vingt livres, dont trois romans, quelques biographies dont une, très belle, du peintre romantique Philipp Otto Runge, une nouvelle édition des légendes de l'antiquité, des livres sur la présence allemande en Afrique et dans le monde des affaires.

Dans *Die Reise nach Basel* (Le voyage à Bâle), publié quatre ans après la mort de Reinhold Seeberg, Theo en finit du conflit entre son beau-père et lui-même. Le roman joue sur deux niveaux sociaux, celui des domestiques, représenté par un porteur à la gare centrale de Bâle et les employés d'un hôtel, et celui de la haute bourgeoisie avec son représentant, le *Geheimrat Professor Doktor* Jakob Christ, professeur de philosophie à la Friedrich-Wilhelm-Universität de Berlin, un monsieur dignement modeste qui a dans ses bagages un rouleau en cuir rouge contenant un diplôme de doctorat honoris causa de la Faculté de médecine de Heidelberg. Chose importante, avec ce diplôme, le professeur possède maintenant des doctorats honoris causa de toutes les facultés universitaires allemandes de l'époque.

Le philosophe analyse la volonté, le pouvoir, la force du pouvoir. Acclamés de plus en plus, les écrits du *Geheimrat Professor Doktor* Jakob Christ chantent la renaissance du peuple allemand. À la page 149 du roman, le protagoniste se réjouit de sa longue collaboration bénévole avec le chancelier du Reich qui fait miroiter devant l'universitaire la possibilité d'un titre de noblesse.

Ma a-t-elle lu *Die Reise nach Basel* ? La vieille dame se souvient d'une querelle entre ses parents, Ma s'enfermant dans son silence hautain, Theo lançant des assiettes à travers la petite cuisine avant de s'enfuir sur sa bicyclette.

— Ne t'en fais pas, dit Ma à Marguerite, ça lui passera. Quelquefois, quand il a fini un livre, il a besoin de prendre ses distances. Aide-moi à ramasser les morceaux.

Parenthèse

MA MÈRE, se dit la vieille dame, était une authentique Mère Courage, capable de soutenir les autres sans jamais se plaindre, sans jamais montrer les effets du stress qu'elle a dû ressentir. Physiquement elle ne ressemblait pas au personnage brechtien, mais comme Anna, cette vieille pauvresse corrompue, avide d'argent, Ma a porté le poids de la débâcle d'une époque.

Elle ne riait presque jamais. Elle ne souriait pas souvent. De fait, je ne possède aucune photo de ma mère souriante.

Elle était belle : un profil noble, une taille fine et haute, une démarche calme, un maintien toujours naturel.

Un être sur lequel nous nous sommes tous appuyés, mon père, mes sœurs, les étranges personnages qui venaient lui demander son aide.

Et qui l'a soutenue à son tour ? Christa peut-être, durant les quelques années précédant sa mort alors que la paralysie s'est emparée d'elle. Où étais-je à l'époque ? Où était Eva ? Nous étions toutes les deux au Canada, pendant que Mère Courage se désespérait à Berlin devant son corps épuisé lui faisant défaut. Elle avait espéré pouvoir vivre quelques mois avec chacune de nous, mais c'est dans un formidable accès de colère qu'elle avait terminé son séjour à Montréal. Elle s'était sentie négligée et non à tort. Nous étions préoccupées par autre chose. Eva par des questions d'argent, moi par un nouveau mari. La culpabilité m'en pèse encore, cinquante ans plus tard.

Je ne pardonnerai jamais au mari de Christa d'avoir photographié ma mère, morte, à l'hôpital, placée sur une civière rangée dans une salle de bains aux murs couverts de carreaux jaunes. D'avoir projeté cette image jaunâtre sur un écran, pour moi, venue de loin, trop tard même pour assister à son enterrement. J'ai vu la photo d'une vieille femme recroquevillée, au masque méchant, effrayant, masque qui n'avait rien à faire avec le visage de ma mère.

Résistance

Fin août 1941. Marguerite a besoin de consulter un des dictionnaires paternels. Elle sait que Theo est à la maison, frappe à sa porte, entre.

Theo est penché sur son bureau jonché de photographies format 12/18. Depuis quand s'intéresse-t-il à la photographie?

Il regarde sa fille, hésite un moment, puis l'invite:

— Viens voir.

Des photos en noir et blanc. D'innombrables cadavres nus, hommes, femmes, enfants, dans une fosse commune. En bordure de la fosse, d'autres hommes, femmes, enfants. Debout, nus, amaigris, couvrant leur nudité de leurs mains, ils attendent leur tour. Des chiens. Des uniformes. Des fusils, des mitrailleuses. Des photographes.

— C'est en Pologne. Près de Kamenets-Pdolski, 23 600 Juifs tués par les SS d'un *Einsatzkommando*[28].

— C'est quoi, un *Einsatzkommando*?

28 - Constitués en juillet 1939 par Heydrich, officier supérieur SS, et approuvés le 22 août 1939 par Hitler lors d'une rencontre avec ses généraux, les *Einsatzgruppen* ou escadrons de la mort avaient pour tâche d'éliminer les Juifs et autres ennemis du régime hitlérien. Entre septembre 1939 et avril 1940, ils ont massacré, en Pologne, 60 000 hommes, femmes et enfants.

— Des groupes spéciaux de la SS. Chargés de massa-crer des Juifs.

— Massacrer?

— Oui. Tu comprendras plus tard. Après la guerre...

— Les photos? Qui?

— Un ami. Le fils d'un ami. N'en parle à personne.

Comment pourrait-elle parler de ce qu'elle voit? Elle n'en a pas les mots.

— Demain, ces photos iront ailleurs. Tu essayeras d'oublier...

∾

Le souvenir de ce bureau, son père enlevant ses lunettes pour voir de près ce qu'elle ne pourra oublier.

∾

Le 31 janvier 1933, la Gestapo avait arrêté le politicien social-democrate Julius Leber. Le 7 mai 1937, Leber fut libéré. Deux jours plus tard, il reprit contact avec d'autres sociaux-democrates se ralliant autour de lui et définissant comme leur but commun la chute du dictateur et l'élaboration d'une durable démocratie dans la paix et la liberté. Officiellement, Leber devint l'associé d'un marchand de charbon à Berlin-Schöneberg[29]; ses alliés lui amenaient des acheteurs de charbon à court de liberté. Les deux petites pièces servant de bureau au commerce devenaient des places de rencontre.

Du côté des militaires professionnels, il y avait égale-ment des hommes cherchant à monter un coup d'état.

---

29 - Depuis 2006, la station de la S-Bahn, le RER berlinois, à Schöneberg, porte le nom Julius-Leber.

Leber, officier durant la guerre 1914 – 1918, prit contact avec eux. Il fut décidé que le leader social-démocrate serait celui qui formerait, avec d'autres camarades et aussi avec d'anciens membres d'autres factions politiques, le futur gouvernement. Celui-ci allait être mis en place dès que Hitler serait mort. Ainsi l'on comptait éviter les catastrophes internes et pouvoir négocier immédiatement, dans la dignité, une paix nouvelle.

Leber connaissait Theo par le Reichsbanner Schwarz-Rot-Gold, cet organisme de défense civique contre la croix gammée et l'étoile soviétique auquel Theo s'était joint à Magdebourg. À partir de 1938, Théo fait partie du groupe de Julius Leber.

Il ne joue pas de rôle principal. Mais la famille Leber vit à deux rues du domicile des Bohner, une fidèle amitié se développe, des rencontres familiales et politiques ont lieu chez les uns, chez les autres et ailleurs, pas trop souvent au même endroit. La vieille dame se rappelle un homme fort, aux larges épaules, un visage sculpté, sérieux, calme.

Le 5 juillet 1944, Leber est de nouveau arrêté. Torturé, il reste muet. Le 20 juillet 1944, l'attentat contre Hitler échoue. Julius Leber est exécuté le 5 janvier 1945 à Plötzensee.

Comme en 1933, Theo n'est ni arrêté, ni emprisonné, ni exécuté. Placé sous résidence surveillée, il ne peut quitter Berlin sans en avertir la police. De nouveau, il n'est rien qu'un honnête homme sans grande importance.

En juin 1945, il sera l'un des co-signataires berlinois du document annonçant la fondation de la Christlich-Demokratische Union (CDU), qui deviendra l'un des grands partis politiques allemands.

Les filles difficiles

Selon Theo il y a deux sortes d'enfants comme il y a deux sortes d'oiseaux : ceux qui fuient le nid familial aussitôt que possible et ceux qui y restent confortablement installés.

Eva est de ceux qui fuient. À dix-huit ans, en 1934, elle téléphone à sa mère pour annoncer qu'elle s'est mariée et qu'elle aurait besoin de quelques meubles. Mis au courant par Martha, Theo rit :

— Voyons donc, Ma, elle n'est même pas majeure... Elle ne peut pas se marier sans notre accord.

C'est juste. Eva, qui s'était fait renvoyer de son école pour avoir appelé le professeur d'histoire de l'art un sale cochon — il avait caressé voluptueusement des projections d'images de femmes nues— n'est en effet pas mariée. Elle fait de la danse expressive avec Mary Wigman, l'une des pionnières de l'art de la danse, et cohabite avec Egon Jameson, un journaliste juif connu pour ses écrits humoristiques traitant de choses sérieuses.

Quand Egon part s'installer à Londres, Eva décide de le suivre. Elle court au consulat britannique, découvre que grâce à la naissance de Theo au Ghana, colonie anglaise, lui-même, sa femme et ses enfants ont droit au passeport britannique. Triomphe ! Le passeport en poche, elle part pour Londres. Martha jubile. Sa fille a jeté une première base de l'émigration familiale.

Et Eva persiste. Jamais elle ne retournera vivre dans son pays natal. Elle ira vivre au Canada, gagnera sa vie en parlant de musique allemande à la radio. Elle mourra à Niagara-on-the-Lake, dans une maison modeste, ornée de tableaux que sa grand-mère avait qualifiés de « catholiques », de porcelaine de la Manufacture royale de Berlin, et de disques de musique classique enregistrés par les plus grands chefs d'orchestre allemands.

Christa est de ceux qui restent près ou dans le nid familial. Elle avait, elle aussi, quitté l'école à seize ans, rêvant d'une carrière de cantatrice d'opéra. Mais elle découvrit en 1937 qu'elle était enceinte. Il s'ensuivit un mariage avec le coupable, Karl Sauerbach, étudiant en droit et membre de la SA.

Elle habite aujourd'hui, en Allemagne, une maison entièrement meublée avec les meubles de ses parents, le banc cardinal et le reste, y compris les torchons de cuisine et les serviettes en damas. Tous les jours, elle ouvre les portes du buffet rempli de la fameuse porcelaine blanche, prend les assiettes et les couverts dont elle a besoin. Tous les jours, elle s'assoit à la table de marbre.

Le bureau de Theo, trop grand probablement pour cette maison, n'y est pas. Où a-t-il donc abouti ?

Par contre, le salon de Ma est tel qu'il était de son vivant. Même les deux paysages peints par un peintre hollandais du 18ᵉ siècle y sont, accrochés sur le mur derrière le sofa. La plupart du temps au moins. Ils étaient destinés à Marguerite, mais Christa en décida autrement. Quand la vieille dame va chez sa sœur, ces deux tableaux disparaissent. Des photos d'une fête de famille prouvent que ces toiles ont habituellement leur place au-dessus du sofa, qu'on a dû les enlever en prévision de sa visite. Et la vieille dame sourit. Un peu jaune peut-être. Elle ne dit rien. Elle aime quand même sa sœur. Christa est de ceux qui accumulent ? Ne sois pas jaloux, disait le père.

∾

En 1936, Eva est à Londres, Christa et son Karl sont installés dans l'appartement de M. Jameson. N'est-ce pas une partie du territoire familial ? Au Zinsweiler Weg, il ne reste que Marguerite. Que va-t-elle vouloir inventer ?

Selon une loi datant du 1er décembre 1936, elle devient à l'âge de douze ans obligatoirement membre du BDM ou Bund Deutscher Mädchen, la branche féminine de la Hitlerjugend, la Jeunesse hitlérienne ou HJ. Il faut donc accepter de la voir parfois habillée en nazie, — jupe bleu marine mi-longue en laine, chemisier blanc, petit foulard noir maintenu sous le menton par un anneau en cuir, socquettes blanches, chaussures et blouson bruns. Sur la manche gauche du chemisier comme sur celle du blouson, un losange à croix gammée, brodé. De plus, il faut acheter un havresac militaire, une couverture grise à rouler et à mettre autour de ce sac.

Chère, cette mascarade ! Il n'y a aucune photo de Marguerite habillée de la sorte.

Au début, l'uniforme lui fait honte. Mais elle n'a que douze ans. Elle ne pense pas souvent aux jeunes filles juives exclues du BDM.

Elle s'habitue à cet uniforme nazi, c'est inévitable, elle le porte lors des excursions et des réunions mensuelles obligatoires, ennuyantes à mourir, animées par des gens incompétents. Histoire du parti, chansons patriotiques, obligations des citoyens, pureté de la race allemande… Tout cela dans une salle grise, mal aérée. Mais il faut s'y présenter pour pouvoir participer aux excursions.

Et ça, Marguerite en était férue, uniforme ou pas. Durant l'été, il y avait le camping, les feux de camp, les soirées à chanter et à regarder les étoiles. En hiver, c'était le ski, quinze jours de ski presque gratuits dans les montagnes du Riesengebirge. Comment ses parents auraient-ils pu lui refuser ces plaisirs ?

Elle a le vague souvenir d'une manifestation de masse au stade olympique de Berlin. Manifestation au sujet de quoi ? S'agissait-il de célébrer l'anniversaire du *Führer* ? Mais elle se souvient qu'il faisait chaud ce jour-là et que le *Führer* était né en avril. Encore ce manque de clarté…

Ah, voilà, ça lui revient, c'était probablement le 1er mai 1939, jour de la fête du Travail, journée chômée et payée pour plaire au monde ouvrier.

Elle avait quitté la maison vers 5 h du matin, pris le métro, s'était rendue au lieu de rassemblement de son groupe. Elles avaient dû attendre des heures avant de pouvoir entrer dans le stade, grimper les gradins, s'asseoir enfin et devoir se lever peu après avec des milliers de filles et de garçons — le stade avait une capacité de 79 000 places — pour crier « *Heil ! Heil !* » pendant de longues minutes. Elle se souvient d'avoir écouté, sans rien en retenir, le discours sans fin du dictateur, toujours interrompu de « *Heil ! Heil ! Sieg Heil !* »

Elle ne se rappelle aucune discussion politique avec d'autres jeunes. Il devait y avoir des filles et garçons dans son groupe qui, comme elle, avaient appris à abhorrer le régime au contact de leurs familles, De toute évidence, ils savaient tous qu'il fallait se méfier et se taire.

Et la honte, qu'en faisaient-ils? Qu'a-t-elle fait, Marguerite portant l'uniforme nazi, pour éviter de se trouver face à face avec des Juifs portant l'infâme étoile? Était-elle si habituée à les voir qu'elle ne les voyait plus? Avaient-ils tous émigré ou bien été déportés vers des lieux inconnus? La vieille dame cherche dans les replis de sa mémoire. Elle n'y trouve rien. Comment est-ce possible? Chaque fois qu'elle quittait la maison, qu'elle était dans la rue, dans le métro, sur le chemin de l'école, son regard a dû rencontrer le regard d'une victime.

La réponse est simple: elle ne veut pas se revoir vêtue de cet uniforme, face à un homme, une femme, un enfant portant la marque obligatoire du rejet. Elle ne veut pas se revoir coupable. Le déni est plus fort que le réel.

Mais halte-là! Une image persiste. Une scène jaillit du fond de son inconscient. Elle est à la campagne. Il ne fait ni beau, ni mauvais. C'est l'automne. Au bout d'un champ qui n'a pas été labouré elle voit un groupe de femmes en vêtements rayés noirs et blancs, avec le *Judenstern* sur le devant de la jacquette. Quand était-ce? Où était-ce? Que faisait-elle là? Avec qui était-elle? Portait-elle l'uniforme du BDM? Mais le souvenir reste imprécis. Rien que l'image d'un champ vide, avec, au loin, contre une rangée d'arbres, ces femmes détenues. Des chiens. Des hommes armés. Et elle, frappée d'horreur, interdite de peur. En train de se détourner, de s'éclipser, de fuir.

∾

Au début de l'été 1939, Eva l'invite à passer quinze jours à Londres. Elle la présente à des journalistes curieux de savoir ce qui se passe dans la tête d'une jeune Allemande d'à peine quinze ans. Elle lui obtient un passeport britannique.

Marguerite rentre à Berlin, fière d'avoir montré ce passeport à la frontière, convaincue d'avoir à assumer un rôle d'observatrice héroïque, le rôle d'une nouvelle Mata Hari.

Septembre 1939, la guerre commence. D'avance, Theo la déclare perdue. Ma trouve chez un marchand de drapeaux le plus petit drapeau imaginable à déployer dans une lucarne, les jours de pavoisement obligatoire.

L'amer défaitisme de ses parents lui pèse sans qu'elle sache ce qu'elle lui préférerait. Oui, ils ont raison de condamner Hitler, oui, ils ont raison de désirer la chute de son régime; la victoire des alliés est nécessaire. Mais aimerait-elle que son père risque sa vie pour éliminer Hitler, voudrait-elle que sa mère monte sur des barricades apparemment inexistantes?

Elle n'a aucune idée de ce qu'elle-même pourrait faire. Elle ne connaît personne d'engagé dans un mouvement de résistance et personne ne la connaît. En principe, elle retournera à l'école à la fin des vacances d'été, se mettra debout au commencement de chaque classe pour saluer l'enseignant, le bras doit levé, prétendant prononcer d'un ton enthousiaste le *Heil Hitler!* obligatoire. Elle continuera à apprendre les mathématiques et le latin, à lire des livres approuvés par des fonctionnaires nazis, passera des examens insignifiants, vivra sous un régime que personne ne semble pouvoir faire chuter.

Son imagination trouve une issue. Elle se voit devenir comédienne, elle sera Juliette, non, Jeanne d'Arc, importante sur scène puisque la réalité n'a aucun chemin à lui indiquer.

Une danseuse, une cantatrice, et maintenant une actrice? Les parents se déchaînent, essaient d'établir des règlements, des horaires, des limites. Leur fille s'enferme dans sa chambre tapissée de photos d'acteurs, son gramophone fait entendre les chansons du temps. Au lieu d'aller à l'école, elle fréquente des cinémas ouvrant à 10 h du matin, le soir elle rentre à des heures impossibles.

Martha se désespère, Theo négocie.

— Tu veux devenir actrice ?

— Oui.

— Tu sais comment ?

— Non.

— Il y a des écoles...

— Encore !

— Tu as entendu parler de la Reichstheaterkammer ?

— Qu'est-ce que c'est ?

— Une sorte de ministère. Pour pouvoir exercer le métier d'acteur, il faut tout d'abord étudier dans une école se spécialisant...

— Tu l'as déjà dit.

— ... pour être admis dans une telle école, il faut passer un examen développé par la Reichstheaterkammer...

— Quand ?

— À toi de te renseigner. Je crois que c'est à la fin du mois d'août.

— D'accord.

— Il y a des frais à payer. Je les paierai à condition...

— Merci, Theo. J'ai compris. À condition que j'aille au lycée, si jamais j'échoue ?

— Exact.

Marguerite trouve les renseignements, son père paie les frais d'inscription à l'examen. Un jeudi de la fin du mois d'août, elle se présente ayant appris par cœur le monologue de la femme de Guillaume Tell, figure mythologique suisse dans la pièce de Friedrich Schiller du même titre. Cette héroïne déjà d'un certain âge se jette devant le gouverneur tyrannique qui arrive à cheval. Elle sollicite la grâce de son époux condamné à percer d'une flèche une pomme posée sur la tête de son jeune fils. Portant une jupe plissée blanche, une veste de lin bleu ciel et un grand chapeau de paille, Marguerite entre en scène, récite le fervent monologue devant le despote et sa monture imaginaires. Reste à savoir comment elle s'est arrangée pour que le chapeau lui reste sur la tête.

Elle échoue évidemment. Elle le savait d'avance d'ailleurs, car, assise dans la salle d'attente avec une trentaine de candidats, elle avait compris que ceux-ci s'étaient préparés à l'examen en suivant des cours, en travaillant avec des comédiens plus chevronnés, alors qu'elle avait tout simplement suivi au lycée des cours de littérature allemande.

Pourquoi ne s'est-elle pas levée, pourquoi n'est-elle pas tout simplement partie? Peut-être parce qu'elle ne savait pas qu'elle pouvait se dérober, prendre la fuite, aller pleurer un bon coup. Peut-être espérait-elle réussir, par chance…

Mais non, zéro…

Theo, était-il au courant des leçons nécessaires? Avait-il recouru à la ruse? Elle ne le lui a jamais demandé.

Un pays en guerre, un régime politique rejeté par les parents, une sœur à l'étranger, une autre mariée, une carrière ratée. Georg, dix-huit ans, fils de voisins, vient d'être mobilisé… Et elle?

À quinze ans, Marguerite n'est pas heureuse. Cela se voit-il? Est-ce pour la rendre plus joyeuse que le mari de Christa la poursuit de caresses libidineuses? Que son frère Ludwig la dépucelle un soir alors qu'elle garde l'enfant du couple Karl-Christa? À qui pourrait-elle s'adresser pour se faire expliquer ce qui lui arrive?

Elle s'explique les choses elle-même, se juge coupable de ce que les hommes ont décidé de faire, et comme ces hommes évitent dorénavant d'être seuls avec elle, elle conclut qu'elle n'est pas digne d'être aimée, qu'elle est inintéressante, laide et, surtout, fautive. Quand on a quinze ans, il est difficile de confesser ses fautes à ses parents, tant on craint d'être puni et privé d'affection.

Theo et Martha se méfiaient-ils de leur fille ? Quand on a quatorze ou quinze ans, il arrive qu'on déteste ses parents. Marguerite rêvait parfois, le soir, dans son lit, que le *Führer* était son vrai père… Que Theo n'était rien en comparaison de cet homme important, le plus important du pays.

Son fantasme n'impliquait que le père, la mère restait en dehors du cercle turpide.

Haïssait-elle Theo de l'avoir privée de la maison au bord de la mer ? D'avoir ri de ses ambitions dramatiques ? Probablement. Mais lui substituer un monstre ?

Elle s'en est d'ailleurs presque immédiatement repentie. Deux soirées, tout au plus, ont été traversées par ce rêve du père adoptif abominable.

Que faire ? Il n'y a pas de cloître où elle pourrait se réfugier. Un internat ? Elle en parle à Theo qui se demande probablement depuis quelque temps pourquoi sa fille est devenue si taciturne. Cherche-t-elle à trouver mari ? L'idée le terrifie, il faut absolument qu'elle finisse l'école secondaire pour pouvoir aller à l'université.

Ensemble, ils font le choix d'un lycée de filles, la Hoffbauer-Stiftung dans la péninsule de Hermannswerder, à Potsdam, une institution pour jeunes filles orphelines fondée en 1901 par la veuve d'un fabricant de tapis.

Une école, trois résidences pouvant chacune accueillir 20 élèves, une église, un hôpital, le tout en briques rouges sur 40 ha de verdure entourés d'eau vers laquelle se penchent des saules pleureurs. Les journées sont remplies de travaux scolaires, de sport en compagnie de filles du même âge. La nuit, des rossignols chantent dans les arbres. Marguerite apprend le latin, le français. Alfred de Vigny devient son héros.

Hermannswerder, lieu romantique par excellence, est une péninsule. Beau, l'endroit isole, mais pas dans la solitude. Une heure de voyage en train de banlieue et Marguerite sera chez sa mère, Theo ira parfois déjeuner avec sa fille dans un restaurant au bord de l'eau.

À la fin de la première année, il lui offre un voyage :

— Va où tu veux, lui dit-il, prends quinze jours.

Elle réfléchit. Quinze jours de liberté, d'aventure, où aller, quelque part où elle n'a jamais été... Mais l'occasion est trop bonne :

— J'irai à Ahrenshoop, répond-elle.

Il lui donne l'argent sans même sourciller.

Elle fait le voyage qui satisfait en elle un désir de vengeance inutile. Elle marche le long de la plage, va au cimetière voir les tombes de ses grands-parents, s'assoit dans les dunes face à la maison tant aimée, se donne à sa tristesse. Mais elle reconnaît que ce qui est fait ne peut être défait, que ce village, cette maison, ce jardin resteront le paradis perdu.

Un an plus tard, le fameux certificat obtenu, la réalité réapparaît. Marguerite découvre qu'à l'exception des facultés de médecine les universités viennent de fermer leurs portes. Elle risque d'être mobilisée comme standardiste, de devenir *Blitzmädchen* ou « fille-éclair » de la Wehrmacht. Elle en hurlerait, mais que peut-elle faire contre la machine de l'État ? Comment éviter de porter l'uniforme maudit, comment éviter de faire la guerre ?

Marguerite supporte mal de se sentir coincée dans une situation sans issue. Un certificat médical? La docteure Vogel oblige, atteste des bronchites chroniques. Le spectre de la soldate disparaît.

Mais personne n'a le droit de chômer, le travail est obligatoire. Elle va d'un bureau à l'autre, finit par se trouver une occupation dans un des secteurs de l'université, travail accepté comme équivalent du *Kriegshilfdienst* ou service de guerre. Et c'est tout près du centre-ville, quelque part, près du Kurfürstendamm.

Préposée aux dossiers, elle arrive ponctuellement le matin à un édifice qui abrite les services médicaux. Elle passe au bureau de sa supérieure, la salue, attend ses instructions. Toujours les mêmes d'ailleurs, ou presque. Monter au 7e étage, classer les radiographies — quelque deux mille — en veillant à ce que le nom sur l'enveloppe et la radiographie soient identiques. Attention spéciale aux prénoms, il y a Bertold et Bertolt; ceux qui ont le nom de famille Schneider ou Schulz risquent d'être nombreux. Il y a aussi Schultz, Schulz et Schulze...

Tous les matins, une décision importante s'impose. Marguerite va-t-elle monter à pied au 7e étage ou bien emprunter le pater-noster, invention anglaise infernale d'ascenseurs continus, chaîne de cabines montantes et descendantes, sans portes, se déplaçant dans un lent mouvement perpétuel. Le pater-noster lui faisant peur, elle décide un bon matin de le prendre pour surmonter ses craintes. Elle se place devant l'ouverture qui lui permettra d'entrer dans une des cabines, en voit une à gauche qui monte, s'y précipite, se retourne vite pour faire face aux sorties et ne pas manquer celle du 7e.

Les cabines montent et descendent silencieusement. Arrivées en haut, que font-elles pour se mettre à redescendre? Se retournent-elles pour repartir dans l'autre sens? Marguerite voudrait le savoir mais n'a pas le courage de rester debout dans sa cabine, d'attendre d'être sous le toit de l'immeuble où elle pourrait étudier le mystère de ce mécanisme qui, de fait, maintient la cabine toujours verticale, la pousse tout simplement jusqu'à ce qu'elle arrive à la conduite descendante.

Elle n'a pas encore lu Kafka, ne se rend pas compte qu'elle se trouve devant une parfaite concrétisation de la bureaucratie avec ses mécanismes infernaux.

Elle déteste le mouvement perpétuel incontrôlable. Elle espère toujours que quelqu'un va se joindre à elle dans cette boîte où après tout il y a de la place pour deux personnes. Elle voudrait au moins entendre les voix d'autres voyageurs. Rien. Aucun son. Aucun autre passager apeuré. Elle arrive au 7e, sort vite dans la crainte d'être prise accidentellement à la sortie, le buste sur le plancher de l'étage, ses jambes amputées s'en allant seules dans la cabine.

À 8 h 05, Marguerite ouvre la porte du bureau 712 où elle passera huit heures à ranger les radiographies d'étudiants — précaution contre l'admission des tuberculeux — dans l'ordre alphabétique, à vérifier que la radiographie des poumons de Peter Müller est bien dans l'enveloppe marquée Peter et non Paul Müller, à placer les enveloppes dans des étagères à quatre rayons. Toute la journée, comme un cheval de cirque ou le chameau attaché à sa noria, elle tourne autour de ces meubles métalliques sans jamais penser qu'elle pourrait mettre les enveloppes dans n'importe quel ordre, que jamais personne ne contrôlera son travail. Elle n'a plus d'imagination. Elle s'ennuie.

Parenthèse

J'AI EU DE LA CHANCE, se dit la vieille dame. Une des rares règles explicites de Ma spécifiait que l'ennui était inacceptable. Tu t'ennuies, s'étonnait-elle si jamais je me plaignais de n'avoir rien à faire. Vite, elle sortait l'aspirateur de son placard et me demandait de le passer partout. Ou bien de tondre le gazon, de balayer le trottoir devant la maison selon la vieille et bien utile habitude allemande, de sortir les ordures, de mettre de l'ordre dans ma chambre.

Pour échapper aux travaux domestiques, je me réfugiais dans la lecture, activité hautement respectée par tous. Tant que je lisais, je n'avais pas besoin d'enlever la poussière.

J'avais la permission de prendre n'importe quel volume dans la bibliothèque de Theo à condition de le remettre à sa place après usage. J'y prenais les classiques, tombais accidentellement sur des livres que je ne comprenais pas vraiment mais qui me plaisaient étrangement comme les *Contes drolatiques* de Balzac ou *Lady Chatterley*.

Dans ma chambre, j'avais les œuvres de Swift, Cooper et Lagerlöf. Je possédais également une dizaine des livres d'aventures exotiques de Karl May, ainsi que les romans d'Else Ury qui mettaient en scène des jeunes filles intelligentes comparant la vie professionnelle et celle de la mère de famille… Deux séries écrites, l'une par un ancien forçat pacifiste, l'autre par une Juive assassinée à Auschwitz en 1943. Jamais des livres de la comtesse de Ségur, jugés probablement trop édifiants par Theo.

À douze ans je voyageais avec Gulliver tout en observant avec lui la petitesse de l'homme, le ridicule des institutions gouvernementales et de la guerre. Selma Lagerlöf me faisait survoler le Grand Nord, tandis que *Le dernier des Mohicans* m'introduisait aux problèmes raciaux. Les aventures créées par Karl May, la détermination des jeunes chez Ury me fascinaient, mais je ne les lisais que tard le soir, sous mon édredon, à la lumière d'une lampe de poche. J'avais un peu honte de lire en plein jour ces livres populaires.

La guerre

En août 1940, cinquante avions britanniques ont bombardé Berlin sans trop de succès. Une cabane de jardin a été détruite, deux Berlinois légèrement blessés. D'autres attaques coûteuses aux résultats tout aussi insignifiants ont suivi au cours des premières années de la guerre.

La plupart des alertes survenaient la nuit ; les habitants de la ville s'étaient habitués aux interruptions de leur sommeil. Le «Dors bien» ou le «Bonne nuit» habituels signifiaient maintenant le souhait de dormir sans interruption.

Ma et Theo avaient transformé une partie de la cave en bibliothèque — au moins on pourra lire durant les alertes, disait Theo — et y avaient mis un lit. D'office, Marguerite en fit le sien, s'y effondrait au premier son des sirènes, puis dormait jusqu'au matin.

La vie continuait presque comme avant. Le matin, le journal était dans la boîte à lettres, les petits pains frais y étaient aussi, livrés par l'apprenti-boulanger. Nous prenions le petit-déjeuner, contents que rien ne nous soit arrivé.

Quant à l'ennui, la guerre allait le désapprendre à Marguerite.

1942. À Londres, Churchill et le maréchal de l'air Sir Arthur Harris décident que seuls des bombardements à zones ou stratégiques vaincront les Allemands, qu'il faut faire souffrir la population civile pour l'inciter à une révolte contre le *Führer.*

Un premier essai dans la nuit du 30 au 31 mai 1942, avec plus de mille avions bombardant Cologne, eut pour résultat 480 morts, 5 000 blessés et 3 300 édifices détruits. Deuxième victime, Hambourg, durant la nuit du 31 juillet au 1er août 1943 : 42 000 morts... 20 km carrés mis à feu par des bombes incendiaires.

Dans un rapport de 2003, publié dans *Der Spiegel,* on écrit que l'offensive aérienne frappa 163 villes et 860 agglomérations moins grandes. En tout, les bombardements à zone auraient causé la mort de 600 000 civils dont quelque 80 000 enfants[30]. Et il n'y eut pas de levée en masse, pas de révolution populaire contre le régime. Les survivants, s'ils n'étaient pas totalement abrutis, ne pensaient qu'à s'éloigner des lieux de désastres et effaçaient le plus rapidement possible tout souvenir de ces attaques de leur mémoire.

∾

Fait étrange, la dévastation des villes allemandes — Cologne, Hamburg, Lübeck, Berlin, Dresden et tant d'autres — ainsi que les souffrances de leurs habitants, constituent un sujet resté longtemps tabou dans la vie et dans la littérature allemandes d'après-guerre. Savoir que l'Allemagne avait assassiné des millions, dont 40 000 personnes durant le *Blitz,* empêchait les écrivains de

---

30 - « So muss die Hölle aussehen », dans *Der Spiegel,* n°2/6 janvier 2003, p. 38-52.

montrer leur pays dans un rôle de victime. De plus, le lecteur allemand, tourné vers la reconstruction du pays et un meilleur avenir, préférait ne pas lire les descriptions des souffrances qu'il venait d'éprouver, et l'auteur souffrait en essayant de décrire ce qu'il avait vécu. Hans Erich Nossack, victime du *Schreibverbot* dans les années trente, commença trois mois après les bombardements de Hambourg à en faire le sujet de son roman *Der Untergang* (La Chute), publié en 1948 et peu lu. Redécouvert trente ans plus tard, 14 000 exemplaires seront vendus en un an. Dietrich Forte qui, à 8 ans, fut témoin d'une attaque sur Düsseldorf et de ses macabres conséquences, publie seulement en 1996 le livre *Der Junge mit den blutigen Schuhen / Le garçon aux semelles de sang*. Heinrich Böll évoqua peu après la fin de la guerre la misère des villes allemandes détruites, mais ne publia son roman *Der Engel schwieg* (L'ange s'est tu), en chantier depuis les années cinquante, qu'en 1992[31]. Et c'est seulement en 2002 que Günther Grass relate dans *Im Krebsgang / En crabe*, comment, le 30 janvier 1945, un sous-marin russe fit couler dans la mer Baltique le Wilhelm Gustloff, ancien paquebot de croisière allemand. Cette attaque causa la mort de 9 000 réfugiés, pour la plupart des femmes et, avec elles, de 4 000 enfants.

W. G. Sebald analyse cet oubli forcé d'une «destruction sans précédent», dans *Luftkrieg und Literatur / De la destruction comme élément de l'histoire naturelle* (1999). Il appelle l'Allemagne en ruines la *terra incognita* de la guerre, la voit habitée par des gens qui oublient ce qu'ils ne veulent pas savoir et ne voient pas ce qu'il ont devant les yeux; ils vont «continuer à vivre comme si rien ne s'était passé».

---

31 - La vieille dame avait tenté d'y toucher dans son premier livre, *De mémoire de femme* (1982), puis dans un deuxième, *Parallèles* (2004).

∾

En 1943, la ville de Berlin attend son tour d'être bombardée. Marguerite — elle avait terminé ses études secondaires au printemps et était revenue au Zinsweiler Weg — prend l'habitude de descendre directement à la cave, la nuit venue. Theo et Marthe descendent au premier son des sirènes. Comme leur maison est une des seules à posséder une porte allant directement de la cave au jardin, un couple voisin les rejoint fréquemment. Ça faisait cinq personnes craignant la mort tout en désirant la défaite.

On laissait la porte ouverte pour pouvoir observer les phares de la D.C.A. allemande cherchant les avions ennemis à abattre, et pour mieux entendre les sifflements des bombes. Si on entendait un sifflement, on savait que le projectile avait continué son chemin et n'était donc plus à craindre. Des sifflements d'un son différent annonçaient que l'on trouverait, le lendemain, des morceaux de shrapnels dans le jardin.

Parfois on entendait une cataracte de pets et alors Caspar Neher, homme timide et poli, fin scénariste et décorateur de Brecht, s'excusait de ne pas pouvoir contrôler sa peur. On riait.

∾

Le 18 novembre 1943, neuf heures du soir. Marguerite revient du Theater am Nollendorfplatz où elle a obtenu un rôle de figurante dans une opérette de Johann Strauss. Maquillée et habillée entièrement dans des teintes verdâtres, coiffée d'une perruque blanche, elle représentait une sculpture de fontaine. Quand la musique s'amplifiait, elle devait s'animer et se mettre à danser une valse viennoise en compagnie d'autres figurants-sculptures. Berlin s'amusait encore…

Le 23 novembre est un jeudi, il n'y a eu qu'une représentation, c'est mieux quand il y en a deux, le dimanche, mais enfin la paie n'est pas mauvaise. Et Marguerite n'a pas encore tout à fait oublié ses ambitions…

21 h 15, elle est dans le métro à destination de la station Krumme Lanke, dans l'ouest de la ville. Elle compte passer le reste de la soirée avec son père, sa mère étant depuis un mois réfugiée avec Christa et les deux enfants de celle-ci dans un joli village du Vorarlberg autrichien. Marguerite aurait pu passer la nuit dans l'appartement de sa sœur, elle en a la clé, mais elle a promis à son père de rentrer au Zinsweilerweg.

Arrêt à la troisième station, ordre venant des haut-parleurs de descendre et de se coucher sur le perron. Bruit des canons de la D.C.A, bruit des avions et des bombes, bruit, bruit, bruit! Une bombe explose à l'autre bout de la station. Il y a des gens qui hurlent, une femme qui prie à voix haute.

— Ta gueule, crie une voix d'homme, tu nous emmerdes, toi, et ton bon Dieu aussi.

— Laissez-la donc tranquille, réclament d'autres voix.

Le bruit d'enfer continue : avions, bombes, D.C.A., voix, cris, sanglots… Marguerite se tient coite, contente de ne pas être là où il y a les dégâts. Peur, incertitude, impuissance. Le pire est de ne pas savoir ce qui arrivera dans la seconde à venir, de ne pas savoir si l'on va vivre ou mourir.

Deux heures plus tard, les sirènes annoncent la fin de l'attaque. Les voix montent, il y a même un rire.

Le métro? Portes ouvertes, lumières éteintes, il est immobile. Il n'y a plus d'électricité, plus rien de ce que l'on croyait normal. Que faire? Marguerite se le demande, les gens autour d'elle se posent la même question. Un soldat de la Wehrmacht propose de sortir de la station. Elle le suit. Ils montent les marches de l'escalier parfaitement intact. En haut, une lumière étrangement muette les accueille. Ils se trouvent face à une mer de feu, mer verticale, presque blanche au pied des murs, rougissant de plus en plus intensément en montant, cramoisie, à la hauteur des toits. Les immeubles de la Nürnbergerstrasse flambent de bas en haut, les flammes grimpent le long des murs, murs qui s'écroulent en partie ou bien restent debout, échafaudages flamboyants, bûchers à brûler la ville. La chaleur leur coupe le souffle.

L'homme lui dit de retourner son manteau, un manteau de lapin, de le mettre à l'envers pour qu'il ne prenne pas feu. Elle-même risquerait de brûler comme un animal, lui dit-il, de brûler comme… Peu importe comme qui, comme quoi, vite, elle le fait, la voilà sauvée. Merci, dit-elle poliment.

Ils reprennent haleine. Se dirigent vers le milieu de la chaussée. Où allez-vous, demande-t-il, où demeurez-vous ? Elle le lui explique, il propose de l'accompagner, il est en congé jusqu'au lendemain. Comment font-ils pour avancer entre les rideaux de flammes hautes, à droite et à gauche, constamment menacés par des débris tombant ?

Il y avait sûrement du bruit mais en 2008 la vieille dame ne s'en souvient pas, comme elle ne se souvient pas non plus d'avoir eu chaud, ou même froid. Ses sens s'étaient-ils mis au point mort ? Est-ce l'explication de son manque de mémoire ? Qui peut décrire le moment du choc qu'on subit ? Composer dans l'épicentre de la catastrophe une phrase cohérente ?

Les deux rescapés restent silencieux entre les immeubles en flammes, ahuris devant le désastre.

Entre le 18 novembre 1943 et le 31 mars 1944, le déluge de bombes sur Berlin causera la mort de 10 000 personnes, rasera un quart du centre-ville et fera de 1 500 000 Berlinois des sans-abri.

Plus Marguerite et le soldat s'éloignent du centre, moins il y a de flammes, même si la lumière maintenant rougeâtre continue d'illuminer le chemin. Le *Licht aus!* de l'extinction des lumières obligatoires est devenu inutile.

Lentement, ils avancent vers les quartiers hors centre, plus intacts.

À la maison, il y a Theo, une bouteille de vin rouge déjà ouverte, ainsi qu'une petite bombe dans le lit maternel. Demain, dit Theo, j'appellerai les pompiers, ils sauront quoi faire.

Ils boivent le vin, ils sont heureux d'être en vie, ils se racontent leurs malheurs en riant, comme le font les soldats revenus sains et saufs du champ de bataille : la marche à travers les flammes, le bruit de la bombe traversant le toit de la maison pour s'installer tout entière dans un lit heureusement inoccupé. Personne ici n'est mort, dit Theo, ça ne sert à rien de pleurer. Nous avons été épargnés.

Klaus, le guerrier en congé, sort une chemise propre de son sac à dos, Marguerite va se laver les cheveux pour enlever le reste de la teinture verdâtre.

Le lendemain, elle et son chevalier — ah non, il ne s'est rien passé — s'en vont en ville, toujours à pied. Marguerite veut vérifier si l'appartement de Christa, Geisbergstrasse 13, existe encore.

Une chance qu'elle n'y soit pas allée la veille, l'appartement n'est plus, la Kulmbacherstrasse, le centre-ville, rien n'est plus. Ce qui reste, ce sont d'immenses champs de pierres où se hissent des squelettes de murs. Parfois de petites flammes bleues courent le long d'une muraille effondrée. L'air est chaud, cendreux, Marguerite à l'impression d'avaler du calcaire, se couvre la bouche et le nez d'un mouchoir comme font les autres silhouettes grises qui errent le long des rues.

Un bizarre silence règne. La ville semble absente, entrée dans le néant. Les gens s'arrêtent passivement devant l'une ou l'autre ruine. Cherchent-ils des survivants? Un chien? Un chat? Ils ont l'air de vouloir comprendre le désastre, un peu comme des touristes ayant interrompu leur voyage pour visiter Pompéi. Il y a même des photographes.

19 novembre. Deuxième attaque. Theo n'essaie plus de faire rire sa fille.

— Pars, lui dit-il le matin, va-t-en. Personne ne s'apercevra de ton absence. Ou alors on te croira disparue, morte. Sauve-toi! Va chez ta mère. N'oublie pas ton passeport anglais.

— Et toi?

— Tu sais bien, mes visites au commissariat de police…

— Tu pourrais prétendre toi aussi…

— Non. Ce ne serait même pas pratique. Je dois rester ici pour avoir ma pension, accès au compte en banque… Puis…

Nous sommes en 1943, l'attentat contre Hitler va avoir lieu. Theo n'est pas un héros. Mais ce n'est tout de même pas maintenant qu'il va abandonner ses amis.

Un sac à dos, une valise. Une station de métro fermée. Marguerite trouve un autobus allant au centre-ville où il y aura peut-être des trains. Le bus est rempli de gens comme elle chargés de valises, sacs à dos, boîtes en carton entourées de ficelles. Ce sont surtout des femmes puisque les hommes sont pour la plupart au front. Le silence règne encore.

En arrivant près du centre-ville, la où les rues deviennent impénétrables, le chauffeur arrête, se couvre le nez et
la bouche d'un grand mouchoir. Descend. Les passagers
font pareil. Comment traverser ce champ d'obstacles?
Cette fois-ci, il ne s'agit pas de débris de verre comme en
1938. Nous avons devant nous un amas de briques, de
blocs de ciment, de tuyaux tordus, d'objets méconnaissa-
bles. Nous avons peur de nous trouver devant l'indescriptible, un corps humain, une partie d'un corps humain…

Une étrange odeur flotte partout, entre les squelettes
des murs, dans les espaces vides, au bord des cratères des
bombes.

— Ça sent la chair brûlée, dit une vieille dame qui a
peut-être connu la Première Guerre mondiale. Personne
ne lui répond.

Autour de la gare du Zoo, rien que des ruines. Où sont
les éléphants, les lions, les crocodiles du bel aquarium? Le
singe emportant le canif étincelant…

Theo avait raison. Personne n'accusera Marguerite
d'avoir abandonné son poste : le bâtiment où elle travaillait
n'existe plus.

La gare. Un seul guichet ouvert, un seul préposé censé
vendre les billets qui dit à tout le monde de se débrouiller
sans ce bout de papier. Des centaines de femmes avec leurs
enfants cherchent un train, peu importe lequel, pourvu
qu'il aille vers la sécurité. Fuir, fuir la destruction, fuir la
guerre. Survivre. Partir avant la nuit.

Miracle, il y a un train vers le Sud.

∽

L'Autriche, Martha, Christa, les enfants, les montagnes
enneigées, le soleil, l'air pur. Marguerite chausse des skis,

se promène, vit, oublie le voyage qu'elle a fait, assise sur sa valise dans le couloir d'un des wagons, juste à côté de la toilette d'où s'échappaient des odeurs immondes chaque fois que quelqu'un ouvrait la porte. Une halte dans une gare, une buvette sans rien à vendre, une nuit à dormir par terre dans une salle d'attente… Combien de jours ce voyage a-t-il duré? Deux? Marguerite oublie.

Martha, l'infatigable Mère Courage, part le matin, revient vers midi de chez les fermiers, chargée de produits laitiers. À l'occasion, elle trouve de la viande, un poulet, un lapin.

Elle fait les foins avec des paysans amis. Le soir, elle écoute avec eux les émissions de la BBC.

Ils se font dénoncer. Martha est arrêtée. Theo arrive de Berlin — a-t-il notifié la police — réussit à la libérer en payant 500 marks à la Winterhilfe ou l'entraide hivernale.

— Tes bêtises coûtent cher, blague-t-il, une fois qu'ils se retrouvent dehors, sains et saufs.

— Merci d'être venu, dit-elle.

— Tu cours des risques.

— Pas toi?

Ils se reverront un an plus tard à Berlin où ils devront faire face au dur hiver 1945-1946.

∾

Marguerite préfère ne pas courir de risque. Elle se rend à la mairie où on lui assigne un travail dans une crèche gérée par le parti. Le travail n'est pas désagréable, jamais monotone. Marguerite aime les enfants. Le samedi après-midi, quand ils ne viennent pas, elle frotte les beaux planchers en pin à l'eau chaude et au savon, les rince, les cire. Elle aime même ce travail.

Le 6 mai 1945, un samedi à midi, elle prend le petit train de montagne pour aller à Bregenz, la ville la plus proche. Le ciel est bleu, la forêt, d'un beau vert profond, l'eau de la rivière qui accompagne le chemin de fer brille, cristalline. Le train s'arrête, une voix crie qu'il faut descendre, des avions plongent, attaquent le train à la mitrailleuse, Marguerite se jette dans des buissons... Les balles ne l'atteignent pas. Elle l'a échappé belle, encore une fois. Deux jours plus tard, la guerre est terminée.

Parenthèse

J'AURAIS PU, SE DIT LA VIEILLE DAME, j'aurais pu me joindre à ma mère et ma sœur qui sont au mois de juin 1945 parties en direction de la capitale sans savoir s'il y avait des trains, si la maison existait encore. Si Theo était en vie. Parties surchargées de valises, avec les deux enfants de Christa, eux aussi chargés de paquets et de sacs à dos, comme ça, parties, pour rentrer à la maison, « chez nous », à 800 km du village autrichien. Heureuses que la guerre était finie, que Hitler n'existait plus, que la vie allait être meilleure.

Je n'avais pas leur optimisme. Je n'avais pas envie de ne pas savoir où je dormirais le soir, ce que je mangerais le lendemain, et quand j'arriverais finalement à Berlin, ville détruite.

Je me disais que je les suivrais quelques semaines plus tard, que d'ici-là j'aurais eu de leurs nouvelles. Que je vivrais en attendant une vie confortable avec mon amant, un officier français originaire de Tunisie, dans sa villa réquisitionnée à Dornbirn, agréable ville autrichienne intouchée par la guerre. Cela semblait raisonnable.

Mais à l'époque, une femme ne pouvait pas vivre et coucher avec un homme sans éventuellement tomber enceinte. Cela arriva et changea totalement ma vie. Il y a longtemps de ça, mon fils Martin a soixante-deux ans, Michel, soixante.

Depuis 1943, je suis une personne déplacée. Je ne veux pas calculer combien de fois j'ai changé de pays, de ville, de lit. Il y a cinquante ans que je suis arrivée au Canada. Aujourd'hui, me voilà à Toronto, à longueur de journée assise dans mon fauteuil, face à mon ordinateur, je le disais déjà. J'écris. Les déplacements se font rares, le temps qui me reste passe vite. Je me dépêche d'arriver à la fin de ce manuscrit qui tente de décrire une descente dans le passé confus et troublé qu'a été le mien, qui veut répondre à la question que l'on me pose depuis 1958 : *Where are you from? Where are you from? Where...*

V

LE VA-ET-VIENT

Où ?

La maison à Berlin, au Zinsweilerweg 12, est toujours debout. La vieille dame est allée la voir en 1970, de l'extérieur. La cité-jardin ressemblait à un décor de conte de fée. Tranquille, immuable. Un havre.

Theo et Martha ont toujours accepté tous les choix de leurs filles. Il n'y a jamais eu de querelle, de condamnation, rien qu'un appui inconditionnel. Leur époque avait été irraisonnable, peut-être l'avaient-ils été dans leur pédagogie du laisser-faire ? Ou bien voulaient-ils maintenir le modeste nid d'où l'on peut s'envoler mais qui reste ouvert à tout retour ?

Devant le n°12, le lampadaire attend que la nuit vienne. Il éclairera la rue, faiblement, mais aussi la chambre au premier étage, celle de droite, où Marguerite s'endormait autrefois. Elle aimait cette douce lumière que filtrait le bouleau à l'entrée du jardin.

En 1945, Theo attendait dans cette maison le retour de Ma et des autres. A-t-il été désappointé de ne pas voir Marguerite, la traître qui s'était tournée vers d'autres routes ?

Petite maison solide, famille solide aussi mais qui sera, à la suite de tout ce qui précède et du peu qui suivra encore, déracinée. Le récit de ce va-et-vient ne prendra pas beaucoup de temps, mais semble indispensable puisqu'il conte le parcours ultérieur de cette famille non pas brisée, mais certes fêlée par le national-socialisme.

∾

L'hiver 1945-1946 connaît des températures sibériennes. À Berlin, détruit, glacial, on coupe les arbres du Tiergarten, les arbres des rues et des jardins privés pour avoir du chauffage. Affamés, les gens échangent de beaux objets contre un kilo de pelures de pommes de terre que l'on fera sauter dans de l'huile de ricin obtenue en mendiant chez un pharmacien.

Caspar Neher peint le portrait de son voisin, un Theo émacié vêtu du manteau de son beau-père.

Les *Trümmerfrauen,* femmes des ruines, ramassent les briques avec lesquelles on commencera à reconstruire la ville.

Partons en Angleterre, décide Ma au printemps de 1946. Cette fois-ci, Theo n'a pas la force de lui résister. Ils — Theo, Ma, Christa et ses deux enfants — arrivent chez Eva en juin. Elle les héberge durant l'été dans sa confortable maison de campagne. Ce qui est inconfortable, c'est que son mari, un Anglais, supporte mal d'entendre de l'allemand chez lui.

Il faut donc se chercher du travail pour acquérir de l'indépendance. Mère Courage se souvient des femmes peintres d'Ahrenshoop auxquelles elle louait des chambres ; elle loue une maison à Golder's Green, en fait un *Bed & Breakfast* pour dames. Christa devient barmaid dans un pub. Theo donne des cours de philosophie et ainsi participe à la dénazification des prisonniers de guerre allemands détenus en Angleterre.

Karl est prisonnier de guerre des Anglais ; en faisant valoir son passeport britannique, Christa réussit à le faire libérer. Voilà donc une famille de quatre personnes. Deux enfants, leur père, un juriste allemand, leur mère, une femme sans métier. Celui de barmaid ne semble plus acceptable. De quoi vont-ils vivre ?

Le couple trouve un travail de concierge dans un petit immeuble, au 33, Craven Hill Gardens, Londres, près de Kensington Park. Salaire maigre, logement gratuit au sous-sol. Christa lave les escaliers vers six heures du matin pour éviter qu'on la voie en train de le faire. Karl s'occupe des réparations nécessaires, d'une serrure qui ne marche pas, d'un tuyau bouché... Il se lance dans la fabrication d'abat-jour qu'il vend à des marchands d'antiquités. Les enfants vont à l'école anglaise. L'aîné, Wolfgang, y devient Martin, nom plus facile à prononcer.

Theo obtient grâce à ses amis Märzbach, réfugiés aux États-Unis depuis 1936, un poste au département de philosophie de la Northwestern University, Georgetown, Texas, USA, pour l'année universitaire 1948-1949. Son anglais est loin d'être parfait ; jamais, raconte-t-il plus tard, n'a-t-il connu de classes de philosophie aussi hilarantes. Il n'y restera qu'une année.

Entre-temps, Ma reste seule. S'est-elle surestimée avec son *Bed & Breakfast*, la seule façon de gagner de l'argent qu'elle connaît ? Elle s'en débarrasse, va vivre chez Karl et Christa. Elle se trouve un emploi de lingère dans un petit hôtel des environs, raccommodera des draps au sous-sol de l'établissement. Quand a-t-elle donc appris à se servir d'une machine à coudre ?

Ayant quitté le Texas, Theo retourne à Berlin et recevra en 1951 une somme assez respectable dans le cadre du programme Wiedergutmachung. Un de ses livres est réédité. L'Union des écrivains allemands lui confie un poste. Il voyage. Sa vie de célibataire lui plaît.

La famille le suit. Christa vivra à Cologne, où son mari dénazifié commence une carrière de magistrat. Ma est heureuse de retrouver sa petite maison berlinoise, ses meubles italiens, ses arbres fruitiers. Quand Theo voyage, elle fait pareil. Elle va voir ses filles, Christa à Cologne, Eva au Canada. Et Marguerite? Qu'a-t-elle donc fait durant les années d'après-guerre?

∾

Grâce à Eva, un avion de la RAF l'a emmenée au début du mois de décembre 1945 de Vienne à Londres. L'équipage lui offre le champagne, elle est la première civile à être rapatriée. Rapatriée? Le passeport britannique a fait d'elle une Anglaise.

Elle a vingt-et-un ans. Elle attend un enfant. Eva lui conseille de rester en Angleterre, lui promet de la soutenir financièrement. Marguerite s'entête à vouloir croire que cet enfant aura besoin de son père, part rejoindre son lieutenant dont elle n'est plus vraiment amoureuse. Elle n'a qu'une hâte, quitter l'Allemagne et voir du pays!

Naissance de Martin, à Tunis, en 1946. La sage-femme, une religieuse d'origine alsacienne, refuse d'expliquer en allemand les différentes étapes d'un accouchement.

Deux ans plus tard, avec le peu d'argent qu'elle s'est gagné en raccommodant des draps d'hôtel, Ma se rend à Tunis pour être avec sa fille au moment de l'accouchement et aussi lui permettre de commencer des études. Elle sait que sa fille n'est pas heureuse. Quelle mère, quelle merveille! C'est Ma qui gardera les enfants pendant que leur mère ira à l'école.

Les études et l'enseignement deviennent la porte de secours de Marguerite. L'Institut des Hautes Études de Tunis, sorte de filiale de la Sorbonne, lui attribue un premier diplôme. Elle se fait naturaliser Française pour pouvoir enseigner dans un lycée.

Après un divorce et un retour au Zinsweiler Weg avec les deux enfants, elle s'inscrit à la Freie Universität Berlin, fondée en 1948 pour se distinguer de l'Université de Berlin située en zone d'occupation soviétique. Après quatre ans d'études et l'obtention du Staatsexamen[32], elle découvre que les écoles publiques allemandes ne pourront pas l'engager puisqu'elle n'est plus Allemande. Voilà une porte fermée et deux garçons à élever !

Cette fois-ci encore, Eva vient à son secours. Sur le conseil de sa sœur, Marguerite enseignera le français aux élèves du Protestant School Board of Greater Montreal, toujours à la recherche de candidats protestants. En 1965, elle acquerra un doctorat en lettres françaises de l'Université de Montréal.

Enseignement à Montréal, à Ottawa, à Addis Ababa, à Grand Forks, à Guelph, à Halifax. En 1970 une autre porte s'ouvre : la venue au féminisme et à l'écriture.

Un autre mariage, un troisième enfant. Trois enfants qu'elle élève seule, sans appui financier des pères.

C'est tout. On ne va pas parler des hommes. L'amour a joué un rôle important dans la vie de la vieille dame, mais vraiment, cela n'a rien à voir avec ses origines.

---

32 - Équivalent d'une maîtrise, permettant normalement au diplômé d'enseigner dans un lycée public.

VI
FIN DE PARCOURS

A-t-il eu froid? A-t-il eu soif? S'est-il senti abandonné? Je l'ai négligé, ces derniers jours. Ce matin, quand je suis enfin montée le voir, je l'ai trouvé mort, le jeune figuier de chez le fleuriste du coin.

J'ai maltraité ce petit arbre qui m'enchantait pourtant. Je l'avais mis dans un vieux tonneau sur le toit de l'immeuble, il avait l'air de vouloir produire une toute petite figue avant la venue de l'hiver. Mes voisins jardiniers l'admiraient, Louise me mettait en garde.

— Méfie-toi, Marguerite, me disait-elle, quelqu'un va te voler ce fruit…

Je ne me suis pas méfiée, personne ne m'a rien volé. C'est moi qui l'ai laissé mourir, mon figuier. Oh, j'ai des excuses. Le soleil impitoyable, les vents violents, les pluies trop abondantes, le réchauffement de la planète. Mais j'aurais dû savoir…

En tout cas il est mort, ses feuilles recroquevillées, ratatinées, ramassées sur elles-mêmes le long de la mince tige sans vigueur qui se penche vers la terre que je lui avais assignée.

Furieuse contre moi-même, j'ai voulu le déraciner, le jeter aux ordures pour éviter d'avoir devant moi la preuve de mon échec. Oh! Comme il a résisté à cette dernière humiliation! Impossible de le sortir de son habitat. Moi qui n'aime pas abandonner ce que je me propose, me voilà livrant bataille à mon figuier…

J'ai appelé Louise, ma bonne amie, à deux, nous avons tiré de toutes nos forces, nous en avons ri à en pleurer et, finalement, il était là, les racines nues, vaincues, mais encore fortes.

— Vas-tu t'en acheter un autre, m'a demandé Louise.

Pas question. Je ne veux pas assassiner d'autres figuiers après avoir tant aimé celui-ci.

∾

Demain, demain ce sera la fête. Les vins seront bons, la nourriture excellente, l'atmosphère aussi. Je sais qui va venir, j'aime tout ce monde et je le leur dirai. Ils me diront la même chose. On s'embrassera.

Malgré tout, j'ai un peu peur de moi-même. Il va falloir que je me tienne bien, que je ne boive pas plus que deux verres, que je sois calme, comme cela sied aux vieilles dames. J'essaierai.

Le problème c'est qu'avec le troisième verre, mon sourire se fait plus vif, mon rire, un peu plus fort. J'oublie ma crainte de dire quelque chose qui pourrait me révéler sans mesure, sans équilibre. Je prends la parole, puis j'ai du mal à la lâcher.

Habituellement bonne nageuse dans les flots du discours, je vais parfois un peu trop loin. Theo aimait raconter l'histoire de la danseuse de corde, épouse d'un lointain aïeul. C'est avec plaisir que je fais comme elle. Je deviens une dangereuse aventurière, perds toute tenue. Le soir de ma fête, entourée de ma famille, je risque d'aborder, entre autres, le sujet de l'union matrimoniale, de l'instinct maternel et de l'harmonie du foyer. J'y crois d'ailleurs, même si je n'en ai pas fait l'expérience, au contraire de mes fils mariés et contents depuis longtemps.

Les membres de ma famille aiment aimer leurs partenaires, ils sont fidèles. Ils préfèrent taire les difficultés de la vie conjugale et familiale, ne veulent pas connaître ces histoires désagréables. Aucun ne comparerait son propre cœur ou toute cette famille à un nœud de vipères. La tolérance est ce qui caractérise notre pays, disent-ils. Nous-mêmes sommes de descendances allemande, française, canadienne, corse, polonaise, italienne, japonaise, ghanéenne, égyptienne, nicaraguayenne, anglaise, québécoise, inuite, voyons, ça fait déjà plus d'une douzaine de lieux d'origine et nous en avons probablement oublié dans le feu de l'action, mais, vraiment nous sommes un ragoût, un couscous, bref un plat aux nombreux ingrédients qui mijote bien à feu doux et sera en fin de compte très satisfaisant.

Mais où donc veux-je en venir avec ces vagues réflexions sur mon talent d'oratrice déjà remarqué par mon grand-père à l'occasion de la remise d'un chat bleu brodé?

Ce qu'il y a de pire, c'est que je ne suis pas toujours gentille. Mon côté ironique risque de se révéler dans mon regard même quand je ne dis absolument rien et quand je parle, mon ton a tendance à faire entendre ce que je ne prononce pas.

Je pourrais aussi, sans le vouloir, blesser les gens en donnant voix à mes pensées critiques. Parfois je ne comprends pas tout à fait les goûts du monde moderne, les vêtements féminins trop révélateurs des sous-vêtements, les talons aiguille et les ongles peints en vert ou noir. Je vois que Martin est trop gros, Michel, un peu trop maigre.

Il m'est difficile aussi d'exprimer de l'affection sans me trouver sentimentale. Et pas seulement de l'exprimer! À un moment, quelqu'un va se lever pour dire du bien de moi, je serai touchée, tout de suite j'aurai les larmes aux yeux. Le nez rouge… Incapable de répondre alors, de dire quoi que ce soit.

Il faut que je me le promette maintenant: je ne dirai rien, ne critiquerai personne. Il n'y aura pas de zizanie! Car, somme toute, je les adore, les femmes douces, intelligentes et énergiques de ma famille, leurs enfants énergiques et curieux. Et les hommes aussi, bien sûr. Qu'on se le dise! Et qu'on me pardonne mes défauts!

Demain, 18 octobre, je verrai Silka, la fille de la belle Élise dont on dit qu'elle me ressemble. La petite a maintenant deux ans. Dommage que ce ne soit plus le temps des groseilles, j'en aurais acheté, puis nous les aurions avalées ensemble. Revenue du Nicaragua, elle me parlera probablement en espagnol, langue que je ne parle pas. On se contentera du français et de l'anglais.

Quand j'y pense, il n'y a qu'Annie, ma fille chérie, qui parle allemand. C'est un peu triste. Pour boucler la boucle, il faudrait essayer de trouver des partenaires de langue allemande au trio de mes arrière-petites-filles, Niko, Indigo, et Silka.

Amélie, la fille de Martin, celle qui a épousé un Ghanéen, le gentil Mathias, est enceinte. Si c'était un garçon, ne pourraient-ils pas l'appeler Kwabla, comme mon père? Appelez-moi sentimentale, je n'en ai pas honte. Aurai-je le courage de leur faire cette suggestion? Je ne voudrais pas qu'ils y voient une exigence.

Tous me souhaiteront des années à venir, heureuses et pleines de santé. Là encore, je risque d'éclater en larmes. Car mon avenir sera sans aucun doute de courte durée.

J'ai d'ailleurs des questions au sujet de cet avenir.

J'ai toujours eu envie de voir du pays. Alors, j'aimerais bien savoir aussi où j'irai après ma mort, où ce que nous appelons l'âme, la mienne dans ce cas, ira après ma crémation et la dispersion de mes cendres.

Aurai-je le courage d'en discuter demain? De leur faire part d'une idée qui m'est venue récemment?

Il me semble que, puisque nous sommes capables d'aller virtuellement n'importe où, sans éprouver de vertige, sans peur de l'infiniment petit ni de l'infiniment grand, quelqu'un — un de ces ingénieux-internautes-informaticiens — devrait pouvoir tracer un chemin, construire une passerelle qui permettrait de passer l'Achéron, d'accéder à l'au-delà.

La magie qui paraît habiter Internet ne devrait pas connaître de limites. Il doit y avoir quelque part un géographe-théologien-informaticien qui aimerait se lancer dans une telle recherche. J'ai vu qu'il y a sur Internet un Virtual Moon Atlas[33]. Pourquoi n'y aurait-il pas une carte de l'au-delà?

Mais si jamais ce gentil savant curieux — homme ou femme — ne pouvait aller aussi loin, ne pourrait-il pas au moins déterminer si l'au-delà existe? L'idée n'est pas tellement saugrenue. Si on avait, il y a seulement cent ans, annoncé le réseau tel qu'on le connaît maintenant, les gens auraient ri de celui qui le proclamait, l'auraient déclaré fou à lier, accusé d'hérésie. Puis le développement s'est fait, des millions de gens naviguent jour et nuit sur Internet. Il n'y a donc pas de mal à suggérer que l'espace virtuel pourrait s'étendre encore davantage, que l'on pourrait vérifier les rêves d'immortalité de l'humanité, prouver si possible l'existence d'un endroit où tous vivraient heureux: les

33 - www.ap-i.net/avl/fr/start

familles, les copains et copines, les amoureux et amoureuses, les vieux et les jeunes, les forts et les faibles, de
toutes les races et de toutes les langues, tous là, quelque
part, loin de toutes les querelles du monde…

Folle, cette vieille dame pleine d'admiration pour le
réseau ? Son idée risque de faire peur. Peur surtout d'un
résultat négatif.

La vieille dame y réfléchit. Elle pense à son amie Louise
qui croit que sa mère et sa grand-mère l'attendent au
paradis et qui dit une petite prière à Saint-Antoine de
Padoue chaque fois qu'elle a besoin de trouver un endroit
où stationner sa voiture dans les rues achalandées de
Toronto. Autrement dit, elle est croyante. Elle s'affole-
rait si on l'avisait de l'inexistence des forces célestes qui
jusqu'à maintenant l'ont protégée.

Que dire de ces politiciens américains des élections de
2008, assurant l'électorat que, d'un endroit imprécis, dans
le ciel, bref, de «là-haut», leur père, leur mère, leur je ne
sais qui les applaudit ?

Que dire aussi d'Hélène, une des belles-filles de
Marguerite ? Celle qui se rend si régulièrement à l'église et
croit au pouvoir des anges gardiens ? Toutes ces illusions,
tous ces espoirs réduits en miettes si jamais l'au-delà était
déclaré non existant…

On vous l'avait toujours dit, jubileraient les mécréants.
L'au-delà est hors d'atteinte, rectifieraient les crédules. La
querelle des anciens et des modernes prendrait des dimensions inouïes, le débat refuserait de prendre fin, l'humanité resterait, au moins en partie, vouée à l'illusion.

Marguerite, elle, la vieille dame devant son ordinateur,
aimerait qu'on lui dise une fois pour toutes à quoi elle
doit s'attendre après sa mort. Elle est d'avis que l'incertitude a assez duré. Elle, qui a dédaigné le pari pascalien, ne

voudrait pas maintenant risquer le saut recommandé par Kierkegaard.

∾

Samedi, 18 octobre, 16 h 30.

Marguerite est prête. Sortie de sa baignoire sans se faire mal, elle a mis la robe gris perle que Louise, experte dans la recherche de vêtements intéressants à Value Village, lui a offerte un jour. Elle est pour ainsi dire flambant neuve, a-t-elle déclaré en lui présentant le vêtement d'occasion. Et tu vois la griffe, chère ? Ta robe est faite en Allemagne par-dessus le marché.

∾

Vite, la vieille dame se regarde encore une fois dans le miroir, est satisfaite de ce qu'elle voit.

En effet, le vêtement est impeccable et la fête, Marguerite en est sûre, le sera aussi. À condition peut-être qu'elle garde ses idées farfelues pour elle-même...

∾

À condition aussi de ne pas révéler la lointaine tare de l'arrière-grand-père balte. Oublions-le, se dit-elle. Après tout, les réponses aux *Where are you from*, mes enfants et les leurs n'en ont pas vraiment besoin.

Dates et faits importants, et mesures législatives du régime nazi

Lors de l'élection générale de 1928, le NSDAP obtient seulement 2,7 % des votes. Peut-on prendre au sérieux un parti qui propose de débarrasser le pays de tous les Allemands de foi ou d'origine juives et d'imposer l'exercice physique aux autres citoyens ?

30 janvier 1933 : Hitler est nommé chancelier.

Mai 1933 : À Berlin et dans trente autres villes allemandes, des étudiants du niveau universitaire et leurs professeurs organisent des autodafés de livres. 20 000 livres sont brûlés. Cent ans plus tôt, Heinrich Heine avait vu juste : « Ceux qui brûlent les livres finissent tôt ou tard par brûler les hommes. »

Mai 1933 : Il n'y a plus d'assurance-maladie pour les Juifs.

Septembre 1933 : Loi interdisant aux Juifs d'être propriétaires de terres.

Septembre 1935 : Les Juifs perdent la nationalité allemande.

Septembre 1935 : Adoption des lois de Nuremberg qui excluent les Juifs de la société allemande. Dans le but de protéger la pureté du sang allemand, les mariages entre Juifs et Allemands sont interdits. Toute personne ayant un grand-parent juif, est Juif.

1938 : La Nuit de Cristal, nuit du 9 au 10 novembre, inaugure, pour ainsi dire l'Holocauste. La *Kristallnacht* causa la mort de 2 000 à 2 500 Juifs, soit sur place, soit durant les transports de 30 000 Juifs, cette semaine-là, vers les camps de concentration. Les vitres de

8 000 magasins sont cassées à coups de massues, couvrant les rues de débris de verre, 267 synagogues sont détruites par le feu, 1 668 pillées et profanées. Une amende d'un milliard de Reichsmark est imposée aux Juifs pour la restauration des bâtiments endommagés et le nettoyage des rues. Les primes d'assurance, d'une valeur totale de 50 milliards, étaient payables au gouvernement.

1938 : Les Juifs sont exclus des écoles allemandes.

1939 : Les Juifs doivent se défaire de tout objet en or et en argent.

1939 : Les Juifs n'ont plus le droit de posséder des radios.

1939 : Un décret autorise la mise à mort des malades jugés incurables.

1941 : Les Juifs âgés de plus de six ans doivent porter l'infâme étoile jaune, le *Judenstern*, qui doit être cousue sur les vêtements selon des règles précises, sous peine d'emprisonnement.

Interdiction aux Juifs de quitter l'Allemagne. La lettre **J** doit être appliquée sur leurs passeports.

Tout Allemand montrant en public une relation amicale avec des Juifs risque la prison.

1942 : Les Juifs sont bannis des transports, des parcs et autres lieux publics.

Juin 1942 : Près de huit cents jeunes Juifs hollandais sont transportés à Mathausen pour être soumis à des essais déterminant l'effet de certains gaz dans leur mise à mort.

20 juillet 1942 : A lieu à Berlin la Conférence de Wannsee durant laquelle quinze fonctionnaires décident de quelle façon la Schutzstaffel (SS ou groupe de protection) tuera les 11 millions de Juifs européens encore en vie.

Ouvrages consultés

— Bohner, Theodor, *Kwabla,* Magdeburg, Carl Peters Verlag, 1919 / Zürich, Orell Füssli Verlag, 1922.

— *Der Weg zurück,* Zürich, Orell Füssli Verlag, 1922.

— *Lachendes liebendes Rom,* Berlin, Rhein Verlag / Zûrich, Orell Füssli, 1922.

— *Der Schuhmacher Gottes,* Berlin, Rütten & Loening, 1935.

— *Das Licht und sein Schatten,* Berlin, Propyläen Verlag, 1937.

— *Die Reise nach Basel, Berlin,* Propyläen Verlag, 1939.

— Deissmann, Adolf, *Reinhold Seeberg,* Stuttgart, 1936.

— Herbert, Günther, *Hier schreibt Berlin,* München, Paul List Verlag, 1965.

— Holz, Keith et Wolfgang Schopf, *Allemands en exil. Paris 1933-1941*, photographies de Josef Breitenbach, Paris, Éditions Autrement, 2003.

— Kranzfelder, Ivo, *George Grosz,* Cologne, Benedikt Taschen Verlag, 1995.

— Leber, Julius, *Ein Mann geht seinen Weg,* herausgegeben von seinen Freunden, Berlin, Mosaik Verlag, 1952.

— Marc, S. et G. Stuckert, *Nationalsozialismus und Zweiter Weltkrieg,* PB-Verlag, 1998.

— Pourchasson, Christophe et Annie Rasmussen, *Les intellectuels et la Première Guerre mondiale, 1910-1920,* Paris, Les Découvertes, 1996.

— Sebald, W. S., *Les Émigrants,* Paris, Gallimard, folio, 2003.

— *On the Natural History of Destruction,* Toronto, Alfred A. Knopf Canada, 2003.

— Nottheimer, Christian, «Theologie und Politik in der ersten deutsche Demokratie: Adolf von Harnack und Reinhold Seeberg», in *Gesprächskreis Geschichte der Friedrich Ebert Stiftung* (Heft 66, 2002).

— *Der Schriftsteller,* Zeitschrift des Schutzverbandes deutscher Schriftsteller, Jahrgang, 1932.

— «So muss die Hölle aussehen», *Der Spiegel* (N° 2 / 6.1.03).

TABLE DES MATIÈRES

LES PUBLICATIONS DE MARGUERITE ANDERSEN CHEZ D'AUTRES ÉDITEURS :

FICTION

— *Doucement le bonheur,* roman, Sudbury, Prise de parole, 2006.

— *Parallèles*, roman, Sudbury, Prise de parole, 2004, finaliste, Prix du Gouverneur général et Prix Trillium.

— *Bleu sur blanc,* récit poétique, Sudbury, Prise de parole, 2000, finaliste, Prix du Consulat général de France à Toronto et Prix Trillium.

— *Les crus de l'Esplanade,* nouvelles, Sudbury, Prise de parole, 1998, finaliste, Prix Trillium.

— *La bicyclette*, nouvelles jeunesse, Sudbury, Prise de parole et Centre FORA, 1997.

— *La soupe,* roman, Sudbury, Prise de parole et Montréal, Triptyque, 1995, Grand Prix du Salon du livre de Toronto.

— *Conversations dans l'Interzone,* roman écrit avec Paul Savoie, Sudbury, Prise de parole, 1994.

— *La chambre noire du bonheur*, roman jeunesse, Montréal, Hurtubise, 1993, Deuxième édition : Tournai Gammart-Fleurus, (Belgique), 1996.

— *L'homme-papier*, roman, Montréal, les éditions du remue-ménage, 1992.

— *Courts métrages et instantanés*, nouvelles, Sudbury, Prise de parole, 1991.

— *L'autrement pareille*, prose poétique, Sudbury, Prise de parole, 1984, Publié en traduction anglaise sous le titre *Dreaming Our Space,* l'auteure et Antonio D'Alfonso, trad., Toronto. Guernica, 2003.

Non-fiction

— *Paroles rebelles*, Marguerite Andersen et Christine Klein-Lataud, dir., Montréal, les éditions du remue-ménage, 1975.

— *Mother was not a person*, écrits de femmes montréalaises, Marguerite (Margret) Andersen, éd., Montréal, Content Publishing et Black Rose, 1972 et 1975.

— *Mécanismes structuraux*, méthode de phonétique corrective, en collaboration avec Huguette Uguay, Montréal, Centre de Psychologie et de Pédagogie, 1967.

— *Claudel et l'Allemagne*, Ottawa, Presses de l'Université d'Ottawa, 1965.

Traductions

— Louie Palu et Charlie Angus, *Industrial Cathedrals of the North / Les cathédrales industrielles du Nord* (Marguerite Andersen, trad.), Between the Lines et Prise de Parole, 1998, 91 p.

Théâtre

— *La fête*, Prix O'Neill-Karsh, mises en lecture en 1998 : Théâtre la Catapulte (Ottawa) et Théâtre du Nouvel-Ontario, Sudbury.

— *Christiane: Stations in a Painter's Life*, Festival The Gathering, Factory Theatre, Toronto, 1996.

— *Le Témoin*, pièce sur un épisode de l'histoire franco-ontarienne, première mise en lecture par Esther Beauchemin, mai 2007.

Marguerite Andersen est depuis 1998 l'éditrice de la revue littéraire *Virages, la nouvelle en revue*.